图书在版编目(CIP)数据

长在泥土里的故乡 / 冯志军著. -- 宁波：宁波出版社, 2023.3

ISBN 978-7-5526-4707-5

Ⅰ.①长… Ⅱ.①冯… Ⅲ.①散文集—中国—当代 Ⅳ.① I267

中国版本图书馆 CIP 数据核字（2022）第 170800 号

长在泥土里的故乡
ZHANG ZAI NITU LI DE GUXIANG

冯志军　著

出版发行	宁波出版社	
地址邮编	宁波市甬江大道 1 号宁波书城 8 号楼 6 楼　315040	
责任编辑	刘佳佳	
责任校对	徐　敏	
装帧设计	金字斋	
印　　刷	宁波白云印刷有限公司	
开　　本	889mm×1194mm　1/32	
印　　张	6.375	
字　　数	140 千	
版　　次	2023 年 3 月第 1 版	
印　　次	2023 年 3 月第 1 次印刷	
标准书号	ISBN 978-7-5526-4707-5	
定　　价	65.00 元	

如发现缺页或倒装，影响阅读，请与印刷厂联系，电话：0574-87327496

（版权所有　翻印必究）

冯志军

◎ 著

长在泥土里的故乡

Zhang zai nitu
Li de guxiang

宁波出版社

（序）

以审美的语言言说本真的存在

樵　夫

许多个时日，那些原本远去或者说已差不多遁形的乡村生活场景，再一次被带了回来，盈满心空，使有些空荡、淡寂的心空再次飘动着精神的灵幡。文字的述说，就是这么惊异，比之纯粹的摄录似乎要强大得多。我在这一个月里，反复咀嚼着，有时像头牛反刍着冯志军用审美的语言述说的那些乡村的场景，因为若干年前，我可能是她打捞的那些场景中的一个景致。我熟悉她笔下的人物、风物和弥漫在乡村的气息，甚至能准确地辨识哪一缕炊烟来自哪一家，哪一只小黄狗来自哪一扇柴扉。

在五十四篇散文中，她不厌其烦地把笔端触向那些已然远离我们绝大多数人的乡村场景，用笔深沉又明亮，淡淡忧伤的情绪搅动着沉睡在我们许多人心中的记忆。这些记忆，设若没有被她打捞，或许即将湮没，它们会与逝去的时光一道，永不回返。她笔端出现的乡村生活是那种城乡二元结构下的，而现在，这种城乡二元结构，已渐趋被消解，很多原先有着乡村生活经验的人，已经或正处于茫然若失的边缘，既难以融合进昔日曾有的城市文化的壁垒，又回不到从前的乡村生活。人，靠什么往前行？人，前行的动力，究其实质无外乎两端。一端朝前，那里有所期待、有所憧憬，期待与憧憬，是一个人前行的不竭的动力；另一端朝后，回溯抚抱时光的羽翼，那里有生命的过往，在那些留存着我们生命记忆与历练甚或酸楚的时光里，我们可以毫无顾忌对着曾经的自己或人类的生命，或哭或笑，或歌或讽，然后抖抖身上厚重的尘埃，在哭笑中汲取力量，向着未来前行。回瞻，有时是更温暖地与自己相拥，让自己在生命之岩的深隙处感觉到温情的力量。所以，作为一个读者，要向冯志军深致谢忱。她给了我们一个永远可以回瞻的、具有生命本真的存在。语言，即是存在。海德格尔是睿智而深邃的，他一语洞彻了语言的实质。语言一旦落定，作者就会呈现给我们一个存在。而本真的存在是建立在作者审视的目光之上，只有这种目光，本真的存在才直接与我们打照面。

　　冯志军用她审美的语言之钩，打捞上来什么样的本真的存在呢？她的散文将这些存在固化在了我们面前：人物有父亲、母亲、少时伙伴、发小、邻里、偶识的人；乡村风物有风箱、乡下的狗、果果红、杨梅树、慈城面、晒干的小咸鱼、棒冰、矮子饼；乡村风情画有赶集、晒冬、梅雨、乡下的雨等。说实话，这一幅幅氤氲着乡村田园气息的、澹泊而广阔的图景，如果不是冯志军，或许已经丢失。现在，我们可以在她构筑的语言中，重新与自己的灵魂，含情脉脉地凝视，彼此重新接纳并相互欣赏。这部散文集的首篇就写父亲，父亲在作者心中，居于别人无法比拟的分量。在作者小的时候，父亲为了让她童年生活过得欢欣与快乐，常伏地扮一匹马让她骑。作者言说的这个存在，其实有着某种生命的寓意，在作者的一生中，其实父亲总是扮演着一匹好马的角色，遇到沟沟岔岔，"马"驮着她一跃而过；遇到无法瞻望前方时，"马"突地蹲下身子，然后高高举起她，让她看到、看清更远的地方。开篇，对这部散文集开宗明义：那些已渐行渐隐的乡村生活，其实不管我们走得多远，它永远会予以我们前行的生命某种指令。接下来，呈现在我们面前的存在是：母亲的慈爱与宠溺、发小小妮的人性之善与个性之光、邻人对其怜爱时呈现的怜悯情怀。在《长在泥土里的故乡》中，最令我称道的是作者写乡村风物与弥漫着乡村气息的那些篇章，像《被一碗猪油蒙了心》《臭烘烘的小咸鱼》《炊烟袅袅》《赶集》《晒冬》《乡下的狗》《乡下落雨时》等，这些作品使其展现的本真的存在不仅具有语言审美，还有双重本真的存在。一是它们依凭语言予以我们一个客观的现存世界的本真的存在；二是它们带上了作者多样而复杂的审美眼光的本真的存在。前者是灵性、细致又开阔地呈现了城乡二元结构下的乡村生活画卷，而后者是立足于当下，回瞻过往时对现存环境或者人的处境的茫然若失以及对曾经的乡村生活的深切眷爱感。正是这样，作品才有了其独特的意义，它批判了异化人性的生存之境，使读者在欣赏或抚摩生存表层肌理时，疼痛而酸楚地切入灵魂深处，对我们人类自身发生沉酣而响亮的诘问。这是异常重要的文字禀赋，正是基于这一点，使文字的价值远胜于摄录式的记述，也正由于这一点，使文字建筑起来的,或固化在我们面前的存在,具有本真的内蕴。本真,就是作者与那些生活直接面对面。她的大多数作品,在末尾都有着她现时的审视目光,正是这种目光,拉长了情感的长度,使生活呈现出更壮阔的美。

《臭烘烘的小咸鱼》描绘了乡村丰富多彩的场景:乡人怎样腌晒鱼,乡下的猫与狗是如何斗智斗勇。作者在回望这些乡村生活时,不时心生感慨。她自问:好日子,都去了哪里?《赶集》整个情绪就是淡淡的、哀婉的、忧伤的。她起首就砸出一句:"逐渐'无集'可赶。"这一句仿若一柄重锤击了我们一下,是的,那个弥漫着乡村气息的集市已无可奈何地远离了我们。所幸的是,冯志军给我们打捞了曾经的那个赶集。那是一轴很美的画:"百余米长的街上,聚满了四面八方的人,蛇皮袋一铺,钢丝床一立,竹竿对撑,中间拉条绳——摊的、摆的、挂的、垂的,吃的、穿的、用的,城里话、乡下口音、普通话,叫的、笑的、骂的,拉扯的、聊天的、唱的,浩浩荡荡的集子,从这头到那头,像舞龙舞狮,只要挑头的一挥彩灯,整条街都能腾跃到空中。"作者写乡村集市之美,这美,美在其浓郁的乡村烟火气,以及烟火气中闪烁着的明亮的朴素的人性光芒;旋即,又写由于生存及现实迅疾的变化,作者已极少赶这种乡村集市。一端是极写其美,另一端又写己之憾,这就使得文字带上作者审视与诘问的精神气质。"母亲和集子,都在岁月中逐日老去。"作者给我们固化了许多乡村温馨的场景,这些场景将一直温润我们的生命。在《被一碗猪油蒙了心》中,她写道:"是猪油,不是其他的。鸡小油少。牛顶两个全劳力,不舍得杀。羊在这里少见。鸭鹅成天混江湖，精瘦。只有猪，家家户户都养，割点革命草拌米糠加桶水，过年前杀掉，肉换钱，下水做人情，猪头和猪油自留。"展现出一幅经典的江南风俗画。

作者写乡下的狗，写得摇曳生姿，真是一幅只有乡下才有的绝美场景。写晒冬，写得斑斓多彩，一幅已经几乎消失的乡村生活场景，因为她的文字而扑面而来。乡下有大太阳的冬天是村妇们以及顽童们的最爱，在暖烘烘的冬日，乡下妇人把一切能拿出来的都翻出来晒，最壮观的场景是妇人们晒的被子。"偌大的晒场上，棉被们被排在大太阳底下，整齐有序，红绿蓝、大的小的、缎子或棉布被面的。有的是新婚夫妻的，龙凤呈祥绣花，金红的颜色满含着新人的浓情蜜意；有的像是老人家用了多年的，看不出是深蓝还是深灰，细碎的各色补丁像老阿娘身上的裰子，旧得舒服、破得亲切；有的是像我家这样的，大朵的花洗得发白，隔着棉袄也能感受到赤身被裹着的柔软与温暖……"顽童们在晒场上奔来跑去，在母亲即将收的被子上撒欢打滚，最后甜睡在被子上，被大人将他们与存储在被里的阳光一起卷起抬回家。自然与人世，这是何其美的场景啊。晒冬，就是乡村生活与乡人情趣的全部展示，我们可以在乡村风情画中，读懂一个乡村，读懂一个中国，读懂我们自己。《乡下落雨时》是写得最富灵性的，作者写了乡下落雨时的各种情状，写得细腻、丰富、灵性、富有质感，让人可摸可触、可亲可嗅，那一缕缕世间芳香，令苍天都生叹。它是作者予以我们的一帧永恒的美。

文学对本真存在的呈现，离不开语言，好的文学作品一定会有好的、审美的语言。冯志军的语言给了我们读者以崭新的情感体悟，这种审美的语言经由语言的"变异"，而抵达"陌生化"的审美效果。我认同理论界一种有识之士的灼见：我们语言的贫乏，不是语言本身，而是生命、情感体悟的肤浅与语言贫乏双重而致的。冯广艺、冯学锋在《文学语言学》里说：文学语言的最主要特质是"变异性"。雷淑娟在《文学语言美学修辞》里也说，文学语言是由"变异"而达到"陌生化"："'变异'只是手段，实现'陌生化'效果才是目的，语词的使用方式正是如此。诗意言说的力量在于它永远是非重复性的第一次言说，前无古人甚或后无来者。"雷淑娟说得对，最佳的文学是使阅读者每每处于一种全新的语境的体悟。这种使阅读体验于一种"陌生化"的"变异"语言，在冯志军的作品中，俯拾皆是。在《赶集》中，她写集子上的吆喝声、喧闹声"集子的声音摸着老墙根钻到耳中"。一个"摸"字，就把乡村生活的特质揭示出来了。《冰镇的夏天》是写早些年的货郎走村串巷的情景，那时，许多乡下的孩子都盼着货郎的出现。冯志军写道："村中的寂静被打破了，像是饱胀的浆果，禁不住蓬勃的生命力，'啪'一声炸裂。"这种比喻新颖而奇特。《乡下的狗》，冯志军用语言铺叙了一个令人无法忘怀的乡村生活场景，然后一句"变异"的语言，让读者久久回味那个"陌生化"的场景。"火光映在狗身上、孩子的脸上、女人纳着的鞋底上、老人花白的头发上，夹在乡下人的皱纹里，温暖了隆冬。"在寒冷的风毫无阻碍地横扫乡村的隆冬，这是乡人生命中最寒冷的时光，但那缕夹在人们皱纹里的火光，必定会温暖这个隆冬。

物质的东西易逝，而文字构建的存在却永恒，所以文字之于远去的生活本身，更让人心生敬意。

此时，我敬重那些让我成长的生活，更对冯志军为我们创作的文字致以谢忱。

目 录
Contents

发小小妮	44
番薯阿大	47
方便面自由	50
"马马郎"是匹好马　01	放风筝的人　52
矮子饼　04	赶　集　55
摆地摊的人　07	"隔屙浆"　58
被一碗猪油蒙了心　10	给苹果削皮　61
冰镇的夏天　13	果果红　65
潮头水　17	猴　戏　68
乘"小包车"　20	焦牛是头牛　71
臭烘烘的小咸鱼　23	教历史的饶老师　74
炊烟袅袅　26	吃杨梅来啊　77
春　游　30	来我家里吃饭啊　80
慈城面　33	
慈舍轻轻　36	
大饼裹油条　41	

赖被窠	83
马兰青青	85
梅　时	88
摸六株	91
墨戳烂黑乌馒头	94
木莲冻	97
泥　味	102
念　青	105
阿　波	108
墙头有草	111
清明螺清明鹅	114
小镇、三轮车和我	117
晒　冬	122
善良的自行车	126

外婆的姓氏	129
乡下的狗	134
乡下落雨时	138
绣花凹婶	141
给一件衣服老去的机会	145
一棵好树	148
一只从天而降的蜘蛛	152
隐没在时光里的人	156
英雄水库	159
油菜花开才是春	164
有竹令人俗	167
又是一年燕归来	170
捉年鱼	174
做双老棉鞋给你	179
后　记	182

"马马郎"是匹好马

和二年级的孩子一起学习《一匹出色的马》,课文主要讲述了带女儿外出散步的父亲在女儿很累要抱的情况下,给了她一根柳枝,女儿把柳枝当小马,一路飞奔回家的事。

这不就是小时的"马马郎"嘛!一群闹哄哄的小孩,揪下长柳枝,去掉柳叶,胯下一钻,大喊:"嘚儿驾,嘚儿驾……"队伍稀稀拉拉,在村路上卷起漫天的尘土……

幼时,最牛的出行工具是自行车和手拉车。出远门,有自行车的脚一蹬走了,没有的向隔壁邻舍借一借,回头捎上一把青菜、几只萝卜,邻舍也乐意。碰到东西多、路不远的情况就拉个手拉车,往平板上铺点干稻草,人挨着物坐,蛮有坐"小包车"的相势。

路近人小,乘"马马郎"最划算。村口买酱油、晒场头分西瓜、庙门口听戏……

可"马马郎"要有"马",父亲就是匹出色的"马"。

父亲国字脸,大眼睛,头发浓密,乌黑锃亮。他近一米八

高,当过兵受过伤,背壁厚实挺括,脖颈粗长有力。每当我撑开腿抓住他的耳朵,坐上他的后脖颈,一眼就能望到天边去。去看电影时,父亲总把我高高架起来,一手拎竹椅,一手抓我的腿,任背上的"猢狲精"左摇右晃得意。有次赶得急,远远听见电影声响了,急得我用鞋跟踢父亲胸口,要父亲这匹"马"跑得快些,不料,从父亲肩上摔了下来。父亲抓住了我的脚脖,顺势把身板垫在了我屁股底下,我拍拍手起来,却发现父亲的后脑磕在了石头上……

　　父亲这匹"好马"在远地工作,一周回一次家。父亲不在的时日多，我又矮小，碰到要站高放哨的情形，就很羡慕父亲在家的伙伴们。队里分西瓜了，爸爸们背、托、驮、抱，随孩子们像小老鼠"噌噌"蹿上脖颈，抓住他们的头发，谁让父亲就是匹"马"呢？

月光盈盈，晒谷场上堆满了西瓜和人。我抓住草尖，巴住草垛，站在最上面，和小伙伴们抢最好的西瓜。

奇怪，从没因了这些高兴，在村人闹哄哄的嬉笑声中，我无端想起父亲的"马马郎"来……

要等很长时间父亲才回来，铃声叮叮，一路欢撒，夕阳把他的身影拉得细长。车在门口"哐当"停下，他大步跨过门槛儿，一把将我举起，把我架在脖颈上，在院子里转圈，父女俩的笑声转成一片。

母亲替父亲卸下背包，嗔怪道："就知道骑'马马郎'……"也不知她说的是父亲，还是我。

哥哥着急，扒住父亲的腿想往上爬，父亲抓过一把竹椅，拎起哥哥的衣领，把他倒着放在椅子上，前后晃动椅子："乖，也骑'马马郎'。"

《一匹出色的马》这堂课，孩子们听得认真。作为奖励，我拖过椅子，向着椅背趴腿坐下，双手扶住椅背双脚一蹬，手臂往上一送，在孩子们的愕然中，嘴里呼喝起："驾，嘚儿驾……"

如今，父亲不在了，再没人能让我肆意高骑上脖颈在风中飞扬。

矮子饼

去鼓楼,很多次经过卖矮子饼的地方。队伍从头到尾十来米长,买好了利索走开,队尾又会跟上来新的,走的来的不疾不徐,始终保持二十几个人排队的模样。

矮子饼而已,我好奇,想探个究竟。找个时间,就在店对面的石墩子上坐下,想数数这排队的人,会不会因时间的变化而有所增减。

"老太婆,慢慢来,下台阶当心。"老伯已经买好,忙着把十几盒矮子饼左手换右手想拿得匀些,还不忘回过头去叮嘱正付钱的老妻。听口音,应该是来自市区周边的乡镇。老伯看到后面的人羡慕地瞅着他们满手的盒子,讪讪地对着地面解释:"好不容易才来一趟,买回去给家里的亲戚朋友尝尝。"人们识趣地别过头去——没啥可解释的,无论哪个,买得再多,等的人都不急。瞧,店里的工作人员忙碌但有序,做饼的阿姨们停不下来,翻飞的手指像朵朵葱花。烤饼的机子嗡嗡响着,各种馅儿的饼,挨挤地排着,酥脆喷香的圆饼,舒展着眉眼争着要进盒子里。

不急。

老太接过老伯手中的饼盒,搀住他的胳膊走了。队伍后面,蹦跳着来了个姑娘,嚼着口香糖,划着手机,塞着耳机,偶尔抬头张望下前面的队伍,跟着慢慢移动的人群缓步前行。她前面的那对夫妻微笑着对视一眼,把目光投向在旁玩耍的孩子。孩子顽皮,不愿安静地在队伍中,穿来穿去,一时扯扯这个叔叔的衣角,一时盯着漂亮的阿姨发了傻,一时数着等在前面的人恨恨跺脚故作懊恼:"还那么多人!"他那故作姿态的小模样,逗得队伍中的几个老人,想到了家里等着吃矮子饼的孩童,笑得一脸慈祥。

店员们上下挥动手臂,矮子饼们纷纷跃入袋子,给钱找钱一气呵成,有人来有人走,没人插队,没人中途退出,没人扯嗓门儿抱怨,也没人嫌排队的时间太过漫长……人们匆忙的脚步、浮华的日常,都在这里得到了沉淀和释放。无聊在这里是个褒义词,等着,只是等着,散淡地等着。

矮子饼并非本地传统吃食,现烤现卖,扁圆的饼外裹着层层酥皮,一碰就窸窸窣窣往嘴里掉。橱窗外贴着各种口味——桂花、黑芝麻、椒盐、椰奶、红豆沙……可专一购买,也可随意搭配。我舌底生津,也乖乖在队尾排个队,十块钱八只饼,人们热衷的是便宜、好吃,还有在等待过程中洋溢出来的从容的生活气息。

又是一天,人们来了又走,走了又来,矮子饼一个个做着,花儿们一朵朵开着，阳光一寸寸挪移着，孩子们一点点长着，日子，就这么一撮撮地过了，老城、老街就这么一段段寂静地凝望着。生活的琐碎和苟且、我们的负重前行，在这里，仿佛不值一提。

摆地摊的人

盯上他已两个月。

精瘦干练的国字脸,白衫黑裤腿细长,双眼在人堆里熠熠生辉,总有燃不完的热情和梦想。姚江旁路灯下,虫蛾飞舞中,桌椅盆边两卷粉色的抹布,摆得庄严。这是他的工作台。

晚间外出,总能在步道热闹地段看到这小伙。起先,他唱独角戏,戴着麦克风剪块抹布往上倒酱油浸菜油,把好好的抹布弄得惨不忍睹,泡在水中随意甩几下,一捏一抖又是新的。和左右明显羞怯的摊贩比,他很专业,嘴里噼里啪啦堪比几千响的挂炮。

不管散步的人是否侧目,他始终举块抹布自说自话。摆了几天,有了围观的人——买不买另说,且听他怎么把黑说成白,看他怎样为生计殚精竭虑,也好。

有天经过,看他在和一个大妈拉家常。我靠栏杆停下,看他如何把大妈的信任收入囊中。

"阿姨,今天来得晚了。"

阿姨把嘴一撇:"马屁鬼,你咋晓得。"马屁拍在马脚上,小伙不恼:"姨,千穿万穿马屁不穿,咋晚了?"

"还不是……"阿姨想说,旁边的老伯扯了扯她。

"是家里的抹布用完了,老伯洗油碗费劲儿,惹你生气了?"阿姨不愿承认,斜了老头一眼,吓得老头儿直赔笑。

"千买万买不如买块抹布回家,千好万好不如只对老婆好,对老婆好干啥,老婆整日笑哈哈。买块抹布去干啥,洗碗擦桌抹地建设家。"小伙干脆觍着脸唱上了,"阿姨带块抹布吧,叔叔和你乐哈哈。"

老阿姨笑了,扭捏着强调:"十块钱两米,再多送些。"

"好嘞。"阿姨话音没落,小伙的手滑到了两米半开外,举起剪刀问,"够了吗?不够再送,阿姨照顾我生意,人间真情在这里,有来有往是奇迹。"说着,麻溜地卷、包、装,递到了阿姨手中……

绕一圈回来,那卷五百米的抹布只剩几层了——小伙厉害啊。

时隔两月再去,发现这家伙变了,他一改平日的工装标配,换了靛蓝酒红丝光尖领衬衫,上面缀俩银饰。在离地摊五六米卖饰物的姑娘前转悠,满脸暧昧,说得人家痴痴笑——有情况,这家伙儿光想着找女朋友了?!

借买抹布和他聊一聊。这回,抹布摊和饰物摊依着,小伙东转西走,姑娘低头忙碌,看来,这俩的关系已非同一般。"来十米抹布。你工作积极性不高啊。"我开门见山。

"哦,姐,我们过两天要回老家,不做这行了。"小伙坦然地笑,没了推销抹布时的抑扬顿挫。

"我女朋友,一年多了,这次回家打算把婚结了。"他和姑娘对望一眼,满脸喜色。

"还回来吗?""当然回来,离开老家还没离开宁波难受,这是我第二次在宁波创业了,宁波是个好地方。"小伙抢先说,姑娘微扬起嘴角,满脸的幸福,我们由此打开了话匣。

离开已是深夜。这对情侣让我看到了宁波、宁波人、新宁波人的蒸蒸日上——32岁的贵州小伙和24岁的贵阳姑娘,在这座热腾腾的城市里起早摸黑,他们也有不为人道的辛酸和挫折,但是什么让他们第三次还想来这座城市安营扎寨并开枝散叶?是买抹布的阿姨和老伯、我这样多管闲事的,还有无数匆匆走过但不曾有过交集的宁波人,给予了他们真实又温暖的力量。

又过了几天,去跑步,已不见他俩的摊位。有些遗憾,不知小伙第三次来宁波创业时,能否再次碰见。从此,对地摊,对每一个摆地摊的人,对每一个热衷生活又努力过日子的人,我总有一种莫名的情怀。

被一碗猪油蒙了心

现在,常形容不堪的中年人"油腻",也指肥头大耳、满面油光。要在以前,满面油光挺好,面黄肌瘦才难看。穷,碗里没荤油才会面黄肌瘦;油腻腻、说话洪亮的人,说明能吃饱、吃好,能看出生活得富裕,多好。

二十世纪七八十年代,要是庄户人想撑面子改善生活,细腻白脱的猪油唱主角。父母要我好好读书,跳出农门不种田,有肉吃。我心想:能天天有猪油吃就好。

是猪油,不是其他的。鸡小油少。牛顶两个全劳力,不舍得杀。羊在这里少见。鸭鹅成天混江湖,精瘦。只有猪,家家户户都养,割点革命草拌米糠加桶水,过年前杀掉,肉换钱,下水做人情,猪头和猪油自留。

猪头挂在屋檐下阴晾,猪油可耽搁不起,大火加水,熬就行。小孩们钻进灶间塞柴管火,凑在锅前一准被骂,大人们怕热油烫人,还怕小的偷猪油渣吃。小孩们只管火也开心,听猪油在锅里"刺啦刺啦"的声响,闻着惦记了一整年的猪油味,开心得要飞起。每一碗白脱完美的猪油后面,都有一个炉膛后殷勤烧火的满头大汗的身影。为了一口猪油,不去外头野了,也蛮拼的。

从杀猪那天起,吃猪油就成了孩子们隐秘的心事。大人们防孩子偷,弄几个大瓷碗把猪油高高搁起。饭桌上缺油水了,猪油便冒了出来,挑上不起眼的一筷,很快以油花挤眉弄眼的形式消失在其中。普通的大白菜小青菜,有了猪油的热情参与,就成了肥美的诱惑,所以猪油是获取快乐的绝佳密钥。

猪油在拌饭、馒头这些食物面前就变得更加理直气壮了。猪油馒头只有上梁时才有,哪有天天造房撒馒头的。猪油拌饭才是孩子们日常的期盼。

晚上新煮了白米饭,刚开锅就盛上大半碗,在家人的虎视下快准狠地挑上一大坨,又不引起公愤,是个技术活——不能直下直上,在筷头沾油的刹那,手腕微妙地转出个弧度,挑上来的猪油块大厚实,尾巴还拖着个漂亮的尖儿,和主人一样得意。

一碗上好的猪油拌饭,杜绝喧哗的葱花,只用盐或酱油充分拥抱米饭,戳入筷头搅拌均匀,左右各三圈,上下翻动共六次,才行。现在的"美味鲜"酱油自带滤镜,但还是没法和以前土法炮制的酱油相比。以前的酱油和猪油纠缠在一起的香,令人飘飘欲仙。

如果说猪油拌饭是明目张胆的奢侈,偷猪油则是孩子们最大的冒险。

在猪油面前,孩子变成了机敏的老鼠,大人挖空心思藏,孩子千方百计偷。手指头是最好的作案工具,别对还没开碗的猪油下手,"茫茫冰海"里突然有个大窟窿?没这胆。最好是已挑过几次的猪油,沿先前痕迹,轻描淡写地刮上一圈,背手踱到屋外,看四处无人,把手指头放在嘴里小口细抿,享受猪油释放的肥美,像喝了一勺金贵的油,再若无其事地踱步回去。

  以为是神不知鬼不觉了,其实大人早看出了,只要猪油碗不见底,偷吃就偷吃了吧,毕竟那是孩子为数不多的乐趣。若要急赤白脸地去追查一坨猪油的下落,孩子被逼急了,连扯谎都来,真是被一碗猪油蒙了心。

  可我们是极喜欢被猪油蒙蔽的,每次吃过猪油,嘴上油光红润,牵起细细的嘴角,像戏文里的小姐抹上口红的嘴,漂亮喜气。幼时,我巴不得鼻尖儿油光、眼睛闪亮、头发黑亮、朝天辫粗亮,身上所有毛孔都散发着猪油的香。

  鞭炮还没响,小猪仔早买好了,在猪圈里哼哼叫着要草吃,猪油在大瓷碗里凝着,白得让人只想伸出指头挑。明年的生计和猪油又有了,乡下人的心头又踏实和热乎起来了。多年后,当味蕾被大鱼大肉蒙蔽欺骗得忘乎所以时,被猪油蒙了身心的快乐却还在心头,久久不散……

冰镇的夏天

记忆中,能大大方方吃冰的时候很少。

七八岁,冰镇的吃食是整个夏天里我最热烈的向往。那时只有长条棒冰、白糖棒冰或豆沙棒冰,会如约在盛夏出现。暑假的某个下午,我被父母摁在水泥地上睡觉。梅雨刚过,地有些潮,摊开席子后都不能感受到来自夏天的善意,也不足以浇灭孩子心头的火。蝉大摇大摆地吱喳乱叫,我不出手,它们就绝不停下杀伐声。

早想逃出来了,树下跃动的光斑、河里烁烁的清水,哪怕是晒得冒烟的石子儿,都比在家里睡午觉充满吸引力。我紧闭着双眼,心里盘算着一早就从父母口袋中翻来的几毛几分钱要怎么花,警觉极了。

"棒冰——棒冰——白糖棒冰、豆沙棒冰五分钱一支——"清亮的声音划破了午后的沉寂,孩子们蹑手蹑脚绕过熟睡的父母和热得脱相的狗,踩着滚烫的青石板,龇牙咧嘴地跑出门去。等赶到村口,卖棒冰的小贩早被围住了,自行车立

着撑脚,泛着绿漆的木箱架在后座上,越过孩子们的头,高大神气。阿三踮着脚,手举几张票角,防着好不容易争得的地盘,小孩们都喳喳叫……

村中的寂静被打破了,像是饱胀的浆果,禁不住蓬勃的生命力,"啪"一声炸裂。狗低吠了几声,大人们翻个身又沉沉睡去,孩子们小心舔着,高高举着,使劲儿嘬着,大口咬着,警惕地捂着棒冰,乐不可支。

是几颗白糖、几粒豆子和一些水带来的快乐,非常简单。

因为小，因为贫穷，因为孤陋寡闻，简单的事物带来的幸福是成倍的。至今，那卖棒冰的男人戴着草帽，穿着绿军裤和解放牌跑鞋，敞着白衬衫，蓝背心上"解放军"三个红字的模样，还在我心中闪光。有时棒冰卖到最后，剩了些断的、化的，五分钱能买好几坨，那时候的幸福几乎达到顶点。

我十三岁随父亲到城镇生活。父亲在国营企业工作，三班倒，福利比其他工人好，冷饮补贴充分证明了这一点。到手的票据厚厚一叠，上面印着棒冰几支。

我已过了黏着小贩走街串巷的年纪，对街上走着，手执冰棍儿舔一口的样子很不屑——学别人拿个碗，躲在屋里，翘起兰花指，用勺舀着吃，才叫城里人，才够调调。

夏初，我想着法子把父亲的棒冰票占为己有。这时已不屑吃棒冰了，中意的是五张票才能换得的大冰砖。光明牌冰砖，四四方方一块，口感温柔细腻，明蓝色的纸盒上红色的"光明"二字闪闪发光。刚从冰柜拿出来时，套在冰砖外的一层白色薄纸很容易掀下，尽管好听的沙沙声微乎其微，但对冰砖钟爱有加的我来讲，如天籁直击人心。天热，在回家路上耽搁了会儿，掀开的白纸湿漉漉的，淌着白色的奶油，像乳汁般滴答。免不了对包装纸一阵猛舔，眯缝着的眼里藏不住的快乐。

得有人看见，才不枉费我这虚荣的心思。精致的小碗配个不锈钢汤匙，必须等到冰砖有点融化了，汁儿慵懒地躺在碗底了，具有一定软度了，才能慢慢开挖。若冰砖还"强硬"，碗底又滑溜，勺子一用力，冰砖打滑，好不容易营造的氛围瞬间破坏，还谈什么美感。

　　夏夜，大樟树下，池塘里的荷花开得正猛。我坐在竹椅上，任月光透过树的缝隙，把斑驳婉转落下。我不紧不慢地舀上一勺，缓缓放入口中，小心嗫着。男孩经过，我矜持地一笑——是城里姑娘，很美。

　　幼时因贫穷而弥足珍贵的快乐与青春期时刻意得来的满足，都来自冰镇的夏天。如今，很少吃冰，如果嘴馋，也仅是趁孩子们在盛夏吃冰激凌时，抢过来舔几口。抢冰吃的快乐是讨回的年龄和稚拙，也是偷来的窃喜与幸福。且把过往的夏天，一日日、一季季地冰镇起来，冰镇在我的脑海里。每当苦夏逼得我无处可逃时，就把冰镇的过往拿出，细数其中的快乐。

潮头水

八十多年前,先生的祖父母在宁波慈城落脚,住在半浦界址其村。村里二三十户人家,吃水仅靠一条四五米宽的小河,小河东西走向穿村而过,沿岸都是土,河水常年浑浊,如遇大雨,更像黄泥浆。先生家门口有座石桥,仅容一辆皮卡车通过。以前的石桥更小,只铺块青石条,乡邻们进出都来这里,俗称"小桥头"。距小桥头三四十米,有座两块青石板宽的桥头,俗称"大桥头"。大桥头上立座老闸,听婆母说,以前吃水靠潮头水,潮头水一来,大桥头闸一拦,村里人吃水就富裕了。

什么是潮头水?

先生住小桥头,祖父母在大桥头,童年只在这短短几十米内。先生说:"啊,当时那个江水大啊,江面阔气啊!要吃晚饭了,'突突突'机帆船从远处来了,江面上,我爸立在船头,背着夕阳,身后是一条接一条的水泥船,载着吃食、家具……一船船拖进来。换载上石子、沙土、盆景、树秧……又一船船拖出去。半浦渡口站满了妇人和孩子,等当家人的,等从城里捎来紧俏货的,送地头的家作货出去的……背的、驮的,还有些装上小木船经由小河,从渡口到各村派货,这场面热闹得很,跟过年一样。"

改革开放后,小河参与其中朝气蓬勃,但如今,小河瘦弱单薄,唯有公爹种在河边的樟树年年峥嵘。我很难想象先生描述的小河曾有过那样的气势。

先生的大舅告诉我,别看这河小,它连接着慈城的东大河与西大河,西大河一路向西,奔赴余姚,东大河通慈江,慈江是姚江的支流之一,而姚江是宁波的母亲河。在姚江还不曾造闸时,海水涨潮能涌到宁波最北的慈城界址其河中。

那时,村人用水都靠门口这条河,吃、淘、洗……河水因此浑浊不堪。村中没有井,要用水时都眼巴巴盼着海水涨潮,然后穿过姚江、慈江、东大河,再灌入这条小河。海水借着月升月落的力量不远万里奔涌而来,在人们的期盼中,一鼓作气到了小村落。

潮水上涨没定数,半夜来都有可能。一旦发现,大队书记便满村敲锣打鼓地喊:"潮头水来了!潮头水来了!"村里沸了。潮水涨势快,内河的水位迅速高起来,村人赶紧跑到大桥头把闸门放下,把水留在内河。

这时,无论手头有什么事,顺手抄起锅碗瓢盆,朝河埠头的潮头水奔去。打、舀、背、挑、挪、抬……泥路上滴滴答答洒下的水珠都是乡亲的欢喜。小的撞到大的,一溜烟逃了;大的碰到小的,提一下帮一把;老的寡的不愁,总有人帮着挑水,水缸里的水满了，心也满了。

说到这里，大舅轻挑眉毛，顽皮又得意地笑了，他想起了自己的年少时光。那时他十六岁，给老的挑过水，也看到过寡的门前蜂拥而至的水桶。在大舅贫困孤独的乡村生活中，这些场景和潮头水一样，是最浓墨重彩的一笔。

大舅家有两口大水缸，水缸有成人两臂宽，俗称"七石缸"，一石一担，有七担水可盛。两只水缸，一只储雨水，一只存潮头水，用水前把明矾放入水中沉杂质，一家人吃、用的水都在了。可惜，潮头水有时是咸的，人们望着满河的水破口大骂也没用，只能暗暗吞下生活的艰难和不易，期待下次涨潮。

慈城周边村民吃潮头水的日子，持续到一九五八年姚江造大闸。大舅说起潮头水，我这二十世纪七十年代出生的人一脸茫然。姚江大闸建成后，村里挖井的、通自来水的，日趋兴盛。人们不再紧着潮头水的脚步而匆忙慌张了。门前的小河，经历了造桥、绿化、建扶栏等改造环节。小河中，有船经过，鸭子嘎嘎叫，村民趁闲暇钓个鱼，钓上来的鱼也称得上"野鱼"了。斗转星移中，小河已蜕变了不少。

而姚江，自由自在地流淌着。不像以前，被迫承担着这片土地的"生存"大事。我就住在姚江边上，日日在江边步道上散步，看潮涨潮落，看两岸桃红柳绿，看晚间灯光旖旎。姚江和姚江大闸，只以沉默、安然、宽容的姿态，给予了人们一方精致、笃定、活泼的生活，从不说起过往的那些风风雨雨。

乘"小包车"

"小包车"也叫小轿车。以前农村,凡是乘过小包车的可不得了。

只能坐手拉车出行时,耙田就叫乘"小包车"。耙田前要先犁田,"犁"字利当头,碎土松土为耕种;牛为底,牛在前,"我"在后。无论是犁田还是耙田,都辛苦。

江南一带养黄牛、水牛,水田劳作以水牛为主。水牛黑灰,两角粗长,撑在两边架势十足,大眼睛一瞪,肩胛骨上套架犁,看起来神气,实则苦。黄牛多下旱田劳作,勤勤恳恳、任劳任怨,所以称人勤劳实在,常用"老黄牛"。

冬末春初,原野广袤,一两头牛点缀其中,摆耳甩尾,低头吃草,悠闲自在,人心也安稳惬意。休憩了一冬,只等春有点消息,牛们就套着枷档出门了,一年一度的春耕要开始了。俗话说:"过了惊蛰节,春耕不停歇。"

南方多水田,春来时,沟渠水汩汩注入,牛驮犁悠悠地耙,人在牛后不紧不慢地喝唱,号子明亮,在青山绿水间回响。水田比镜面还亮，映出一牛一犁一人，还有偶尔飞过的白鹭鸶和飘过的云。

老农犁田力匀，紧握着犁把准方向。他微侧起身子，好让犁铧稍稍外侧，土块随牛和人的脚步一块块翻出来，硕大、丰满，泛着泥香，像神祇赐予的花。赤脚踩住的，有冬末的寒凉，更有初春的温情，柔软亲切。春种还没开始，田地山水间的"犁花"已经盛开。老农拍着胸脯下了决心，用自然的恩赐和踏实的干劲保证——今年一定有好收成！

犁田虽辛苦，但小孩子们就盼着大人早出晚归把田犁好，接下去要耙田，孩子们就能乘"小包车"啦！

耙田时，牛还是主力，只是牵绳的换成了孩子。犁过的田松软但不平整，不利于插秧，得仰仗"耙"把田耙平了。耙和犁不同，犁向上，曲曲弯弯，尖头尖脑。耙拉平，几根木头长长方方，实在牢靠。耙中间长了把手安了落脚点，用绳套住牛的肩胛骨，呼喝中，牛拖着耙往前，木头就能顺势把田耙平了。

耙的妙处在站人处，小孩儿轻，牛的负担减少，所以耙地的活儿自然就落在了孩子身上。牛不只是使唤的"农具"，也是农人"相依为命"的家人，嘴上呼喝，心里惜着。拿乌筱丝一甩，配以轻声"偶去"，牛就迈着步子拖起耙向前了。多数时间，牛没啥心事又吃得饱，只看天高云淡，听鸟语虫鸣，憨憨地闻油菜花香。牛心情好，踏在水田中像只跳舞的马，步子踢踢踏踏，轻快优雅。乌筱丝虚晃几下，在春中吹起明亮的口哨，牛懂，脚下的步伐越发愉快，它们抻脖子扬头，小步跑着。孩子立在耙上，随水势、田势和牛步子,有节奏地向前。他们挺着瘦小的胸脯,洋溢着春天般的笑容,欢享着用不完的春光,藏不住声音里的轻快:"乘'小包车'喽——"春光中,"小包车"在水田里划出了一道道平整流畅、好看得意的弧线。

牛也有不高兴时,哞哞叫着要无赖。别赶正憋气的牛,特别是它们上"大号"时,整坨热烘烘的牛粪"吧嗒"落下,那水花叫一个畅快。若不予牛"方便",牛会急,狂奔着突然停下,把一个趔趄——人擦着牛屁股埋进水田里——"小包车"没坐稳,成了"爬乌句[1]",只留下牛回头给的轻蔑眼神。

也别跟牛置气,耙完田后还要去了它身上的枷档,用田水和泥擦揉牛的肩胛,牛和人都辛苦,往后的农活还靠这牛呢。夕阳西下,陪牛去野地吃草,顺便到河里把"乌句壳"洗掉。不然,墨黑的"泥人"一路牵着"泥牛"回村,准被笑掉大牙:"'小包车'翻向(翻车),变'爬乌句'啦?!"

父母惜牛,断不会多瞧你一眼,只骂:"田不会耙还想乘'小包车'?好好读书跳出农门。"孩子默默把牛拉进牛棚,放上稻草,边看牛吃草边絮叨:"明天'小包车'拉稳当些……"

"面朝黄土背朝天",生活的艰苦还在田间地头蛮横,但农人们哈哈一笑,小孩们嘻嘻一闹,困苦就感到难为情了,钻进日子的缝隙中,和山水日月一起,变得轻微平常了。

---

[1] 宁波慈城方言,乌龟的意思。

臭烘烘的小咸鱼

爱吃小咸鱼,但我偏偏喜爱晾晒得不太好的,没有掌握好光照,或碰上潮湿闷热的雨天,微微有些臭烘烘的那种。但凡饭桌上有这种小咸鱼,我必胃口大开,白米饭能连吃三碗。

少时,能有鱼吃是种幸福。而这小咸鱼被奉为佳肴,之所以味道独特,并非全因晾晒的火候不到,而是大人们节俭,买了大量不怎么新鲜的小鱼,拿回家下重盐,腌上一天,有时摊在筬箩里,有时穿在线上,明晃晃亮闪闪地在太阳底下晒上两三天,不那么干也不那么湿,晾到表皮有些紧巴巴为止。再把小咸鱼收入吊篮,待到煮饭,大锅里蒸上两三条,宽裕时撒上个鸡蛋,再炒盆自家地里的青菜,一家人吃得美滋滋的。

有时不舍得吃,搁几天,往往成了猫咪的美餐。不经意间,猫在屋瓦上踱步,目光似有若无,其实都落到了小咸鱼上。趁大家不在,不着痕迹地吃上一两条,几天下来,小咸鱼稀稀疏疏,在太阳底下尴尬得很。大人们互相埋怨,小孩儿们捶胸顿足,后悔怎么没有早点下筷。再有机会晾晒小咸鱼时,猫咪们就成了众矢之的,半大的孩子雄赳赳气昂昂地上岗了,拿着根竹竿,赶着虎视眈眈的猫咪。猫咪们只能上房揭瓦,只有蹲在鱼干底下的大黄狗"嘻嘻嘻嘻"不动声色地笑着。猫嫌狗不顺眼又无可奈何,只能上蹿下跳去追鸡,狗见了,一时忘了身份,也加入追逐的队伍,小院内顿时鸡飞狗跳,晾着小咸鱼的杆子,不一会儿就不知被谁推翻在地,大人们出来叫骂,孩子们哭闹。猫咪趁乱叼走了几条,远远逃走了,那些场面都是日子里闪亮的斑驳,如阳光下村口小河里的水,闪闪烁烁的,留存在每一次的回忆中。现在想起来,不禁茫然——好日子,都去了哪里?

常被拿来腌的,一般是小鲳鱼或小黄鱼,身子小,容易入味,白花花黄灿灿的,很壮观,看一眼便让人欢喜,忍不住憧憬起饭桌上臭臭的香味来。这时的父亲最忙,半蹲在青石板上,旁边备盆水,手拿剪刀上下挥舞,去鳞剖肚,粗粗的手指头干的却是绣娘的活儿。他这么一蹲就是三四十分钟,偶尔抬头,笑着看看围在他前后嬉戏的我们两兄妹。有时候我们也会蹲在父亲身旁,只为等父亲从稍大点的鱼中揪出鱼泡,接着鱼泡被我们夺过来踩在脚底下,"啪"一声后,我们大笑着跑开去。父亲是工人,不善言辞,最擅表达的方式就是为家人做许多好吃的——上山抓野兔,下河摸鱼……在那个大家都不能完全吃饱,更不用说吃好的日子里,他竭尽了一个父亲的所能,为孩子做出最好的吃食来。

爱人知道我好这口,常做了给我吃。买了最好的小鱼,向老丈人讨了经验,常常操试,时时查看,关注气候甚至拿捏了情绪,还是腌不出小时候父亲给我做的味道。我一直嫌,他一直试,直到婚后的第十六个年头,爱人的"作品"才稍稍有了父亲的那种味道,实在有趣。

臭烘烘的小咸鱼

炊烟袅袅

只要远远瞥见村落上空，青蓝的暮色里，升起袅袅炊烟，无论和母亲发生过多大的争吵，无论正在玩的游戏有多有趣，我都会立马向家的方向奔去。

乡下日子过得"泥泞"。每到傍晚，太阳醉醺醺的，鸡鸭叫着要进笼了，狗变得清醒了，大灶渐渐明亮活络了。炊烟轻唤，唤着她的家人回家吃饭了。在田间耕锄的人，看自家房顶的炊意深了，便从田里拔出脚，背锄牵牛扶犁，走过一条条阡陌，赶回家去。

屋檐下，木柴码得整齐，引火的茅草、松针成堆放着，稻草打了结，堆在不远处，堆成了天圆地方的"天坛地坛"，要用了随便抽一把，都不会塌。柴火随处可见，有柴火就有三餐，有三餐就有温饱。温饱，是乡下人生活在泥泞里所有的勇气。

土灶左右两孔，左右各架一口大锅，中间一个汤锅，常年保持满水，烧饭时顺便把水烧了。往上，灶头高耸，放些酱醋油，灶神爷居中。风箱紧靠大灶，长条空壳，靠拉杆拉，"呼哧呼哧"直喘着给柴火鼓风,给大灶热气,也给生活暖意。它在刚开始生火时最风光,那时,灶是冷的,锅铁青着脸,把木柴松松架在灶内,下层和中间垫些引火柴,火柴一点,风箱缓缓启动,随火势逐渐加大用力。火旺了,柴着了,锅热了,油"噼里啪啦"爆,锅铲"刺啦刺啦"炒,屋内渐渐热了,烟气四处盘旋钻出瓦片,一丝一缕从生活的褶皱中缓缓吐出,笼罩屋顶。这屋

有,那屋也有,成了对晚归人的召唤,温暖又深情。

灶间不点灯,到处亮堂堂的,烧火的满脸通红,不时查看灶膛的火色,添柴拉风箱,熄火旺火。"火笑客俏",指家中有客,两孔灶膛火力齐开,烧火的顾这头忙那头,手忙脚乱但喜笑颜开。这样的家务事,对孩子是个考验。没把握好火候,薄薄的菜香会渗出一股淡淡的焦味,像老祖母的嗔笑,陈旧厚重。家里的大孩子出手了,坐进灶膛,拿火钳拨拨弄弄,既省柴又不耽误烧菜煮饭,末了还能在未燃尽的柴火中埋个土豆,香得很。

也有能干的主妇一人管了所有。男人回家时,饭热菜香,女人有条不紊绾着发辫,唇角眉梢都是笑。

江南梅雨时,柴草与空气湿得黏糊,灶台黑黢黢的,风箱"咳"半天都不顶用,要灶膛冒烟得等很长时间。烧火的渐渐急躁,龇牙咧嘴,一顿饭做下来,直呛得泪流满面,只留一口白牙,逗得大家直笑。

父母是双职工,家里柴火有限,为家里捡拾柴火的活儿就落到了我身上。我常一个簸箕一根扫帚柄,边走边扒拉,绕村一周,一餐要用的稻草便在了。扛着柴火进门,想着灶台能热起来,晚饭有自己的功劳,就得意起来,把锅中的米饭压了又压……

喜欢站在微雨的黄昏嗅村落中的空气——烧稻草的那户,屋顶的炊烟袅袅,柔情蜜意,带着阳光和稻谷成熟的味道;浓烈的那户,引火的该是还未来得及晒干变老的松针,直蹿而起的炊烟里,带着股年轻人的青涩和莽撞;断断续续升起的炊烟是独居奶奶家的,屋顶的烟细缓不急躁,牵念着出远门的子女;那家是来客了,别家开始吃饭了,他家的屋顶还葱茏茂盛,像顶着一头客来酒后的兴奋……

  远离故土若干年后,每当我途经一个又一个静默的村庄,只要看到在陌生又熟悉的屋宇上,有缕缕细细的炊烟升起,心就变得轻盈柔软,且有了着实可落的地方……

春　游

校园里闹腾起来,孩子们奔走相告,甚是欢喜,有的甚至"吱嘎吱嘎"笑大了,团在地上滚来滚去。大队长们放下矜持的态度,连老师们也按捺不住喜悦的心情。

在春天,孩子们总是格外激动。原来,是钻在地底下忍了一冬的小虫子啊,好不容易脱去了束缚手脚的棉衣裤,还不赶紧在柔柔的春风中、痒痒的柳絮下、软软的草地上打几个滚,要去春游啦!

这么美丽的日子,的确应该乘兴去游玩一番,做些美丽的事、吃点好吃的东西、说些有趣的话。从开学第一天起,孩子们一直津津乐道的只有春游这一件事情。

可他们还是惴惴不安,眼里凭空添了些愁——万一下雨了呢?万一作业没做完呢?万一春天很快就过去了呢?

幼时,春游遵循就近原则,汽车还是新鲜玩意儿,乡下娃不怕远,春游全靠"11路"。山野和田间地头是最好的练兵场,区区几里地算啥,能去春游就行。现在讲究,非得穿双软乎的平底运动鞋,身着本校校服,背一大袋零食去,才合乎春游的规则。以前家里放话能去且能给一两毛钱,就高兴得敲锣打鼓遍告天下了。

一路上,背着破书包的、拖着拖鞋的、垂着裤带子的、裤管一高一低的,孩子们形态各异。如果不是有队旗带头,又有老师在旁边嘱咐,人们还以为是刚从泥堆里跑出来的一堆泥娃娃呢。

歌声震耳欲聋——是《卖报歌》,再不就是《一分钱》。"啦啦啦,啦啦啦,我是卖报的小行家""我在马路边捡到一分钱"……仅有的两首歌串来串去,细听,队头和队尾唱的不是同一首,残缺不齐中却让人感到一种快活。人们看着这群小崽子,不禁想到了自己的孩子……

"老师,明天去春游,我给你带好吃的!"班中最顽皮的男孩龇着大板牙拍胸脯,豪气冲天,打断了我对往事的怀想。

我说:"好,那么老师也给你带好吃的。你最爱吃辣的,我给你烤点辣鸡翅去啊。"

"老师老师,我爱吃啥?"另一个凑过脑袋,挤眉弄眼的。

"你?最爱吃'批评'。"我佯装生气,张开双臂想要抱住他,他嬉笑着,一溜烟跑开了。

我用一整节课时间,组建春游小分队,筹备春游的零食、设计春游的节目……孩子们个个欢天喜地。我限定了孩子们带零食的数量,心里却知道这是白费口舌。

记得自己五六年级时,春游出了远门——乘火车去。多么遥远的地方,那时我感觉是像要跨越大洲一样遥远。

那次,父母鲜有的慷慨,给了我两元钱。我劈开储钱的竹管筒凑到了一元,在爷爷奶奶那里"骗"得了一元,又在爸爸的裤兜里偷了一元,一共五元钱,豪气万丈地去向一个遥远的、未知的地方——余姚。五元钱被牢牢捏在手中,带着手心的汗水,一直不安地在我的裤兜中。那笔巨款,和我一起盘算过春游路上所有好吃的——甘蔗、茶叶蛋、葱油饼……一下火车,外面的世界真精彩,事事新奇得很。我对街边红的、绿的饰品瞪圆了眼珠子,那是一条条小纱巾,绑在马尾辫上,像一只只就要飞走的蝴蝶。几近透明的红绿纱巾在春风中飘曳,一下下招引着,逗得我心痒。我禁不住诱惑,五元巨款全买了纱巾,绑在发辫上,这件趣事至今仍历历在目。

"老师,你叫我们带五十元钱干吗?"返程路上,经过一条小吃街,有孩子扯我的衣角,想要试探我的口风。有的孩子声东击西:"我口渴了。"边说着边盯着街边的冰激凌。有的孩子大声嘟囔:"我抗议,带了钱也不用。"其实让孩子们带这些钱,是怕他们万一落下了,能乘个三轮车或打的回家。看着他们蓄谋已久的"反动"计划,我一点也不生气,就纵容他们一次吧。

慈城面

酷暑,一个七岁的女孩眼泪滴答,被步履匆匆的母亲扶起,俩人裹挟在漫天的飞尘里,连奔带跑十几公里到城中,全为了街边的那碗咸菜肉丝面。

我就是为了那碗面不惜长途奔波的孩子,而老家慈城的面,成了往后的四十几年岁月里全部的柔软温润,成了我开上一小时车只为吃上这一口的所有动力。

慈城面是怎样的面?为什么只有慈城有?

慈城面也叫碱水面,有筷尖粗,与任何地方的都不同。面的颜色是将谢未谢油菜花的黄,显得木头木脑、古朴稚拙,一口下去让人能想起很多,如老城。

清早,面条焯熟后晾在篾箩里,招呼下吃面的客人,随手抓一把,炒或煮,候分刻数正好,不误工夫。

我好这口面是因入口时它的劲道。天冷,打二两黄酒加热,炒盘猪肝面慢慢吃,吃到夜幕降临也没事,面条不会变硬变糊,倒是猪油、酱油、葱花、猪肝的味儿会深深渗入面中,更有嚼劲和味道。炒面的辅料全是本地食材,肉丝、大肠、鳝丝、豆芽……店家和每个小菜贩称兄道弟,只拿透骨新鲜的食材。

挑一大块猪油放热锅里熔化,先把辅料下锅炒,"刺啦刺啦"响一阵儿。起锅后单炒面条,接着放酱油、滴醋、撒葱花,最后把辅料和面条一起炒,满屋浓香。

做汤面花头也多,可在里面随心加荷包蛋、大排等辅料。这几年花头更多了,进门,迎面罗列各色辅料——油炸黄鱼、醋熘带鱼、肥大肠、蛏子、活蟹……"箩里拣花,越拣越花",有的人泥泥夯夯[1],最后每种都选了,吃得心满意足。只挑几种的是本地人,他们心里笃定:三十年老店,明天再来,总能吃遍所有的辅料。

老店,和谁都熟,门口还有一个小孙孙可逗弄。店面不大,灶台上沾着澄黄油渍,老旧但不觉得脏。找个位子拉张桌子,无论是在屋里扇着大吊扇吃还是沿街坐在太阳底下吃,只要能坐下来吃就可以解决所有问题。

吃客们把辅料放到灶台旁,不问价钱,不做记号,坐下抽烟闲聊。不一会儿,老板娘眯眼笑着端面来了。"三块素鸡是你的吧?""多加大排的来啦!""火火热,当心烫"……每碗面都不会找错主人,口味不会错,价钱也不会算错,店家肚里自有本账。

有人不满,等面时间过长,等不住了,就趴到出面口嚷,老板不理,遵循自己的炒面步调——辅料归辅料炒,面条归面条煮,一人只负责一个灶台一口锅,面要炒得油光锃亮,汤要煮得乳白厚实才心满意足。老板笑呵呵的模样让对方没了脾气,那人还

---

[1] 宁波慈城方言,犹豫的意思。

得听老食客边笑边打趣："凡事要有耐心,要面好吃是该等!"

每天清晨,总有这样的人来——挽着裤管,穿双解放牌跑鞋,胡子拉碴,皱纹深得如同灶台的油渍,敞着的衣服露出黑红坚实的胸膛。老板见了只说:"来啦。""嗯,来了。"他们应着。坐下拔双筷,小酒还没开咪,面就端到了跟前,"喏,老样子。"也有衣着光鲜的来,他们一屁股坐下,凹松[1]阿姨地叫着要来碗自曾[2]面,就知道是远离故乡但还带着乡音的人,远天远地回来吃面了。

我爱极了这种乡土气息。

做面是个手工活,各家都有家传本领,这个喜欢把面醒在月亮下、露水中,那家喜好摔打个惊天动地,这户用了深山里的井水,那户惯用某片田里的稻谷……一方水土养一方人,慈城面里烙着慈城的山水。我选了醒在月亮下的面,因偏爱面中有微渗出的清冽——秋日晨光熹微,古镇街边,眯眼嗫口饱含自然美意的面条,任热气从唇齿游至腹部,仿佛能感受到来自田间地头的热切,和日月山水对话,与江河湖川共游……

幼时,在宁波市保黎医院抓完中药,这趟风尘仆仆的进城之旅才算到了最精彩之处。母亲牵着还流着泪的小女儿,让她在街边的面摊寻个位子坐下,走进店里点一碗咸菜肉丝面,轻细地叮嘱了老板几句后出来,替女儿抹去脸上的泪痕,等到面来,挑起几根吹凉,细心地送到女儿嘴边……

人生所有的暖意都在这碗面里了。

---

[1] 宁波慈城方言,叔叔的叫法。
[2] 宁波慈城方言,慈城的意思。

慈舍轻轻

在大雪节气，我总期待着下雪。可惜，南方的雪来得晚，何况在慈城这样的老城里，只适合慢慢走路、笑着说话、轻轻做事、缓缓生活。若真有雪，一定也是从容的、委婉的。

天送了点细雨给老城，让灰旧的墙、赭红的木柱和门、黑灰的瓦焕发了生机。细雨如轻纱般温柔地拂动万物，只留下曲曲弯弯的瓦檐下，晶莹透亮的水珠眨着娴静的眉眼，任似有若无的心思落在青石板上，诉说细密的旧事，撩拨路人的心弦。

冬日下午，避开人群，独自来到慈舍。慈舍位于老城民权路上，民权路南北走向，两边都是明清建筑，悠长的石板小巷穿梭其中，平整而不失斑驳，矜持中透出端正。

往北，左侧就是慈舍，我迈过木门槛，踏入了和俗世断然告别的音律，古声悠扬，绿意盎然，迎面舒朗有致的木质屏风吸引了我。透过屏风，冬日的暖阳注满庭院，光束投射在绿波荡漾的水池和古朴的木桥上，以温柔的目光迎接我这个满身疲惫的旅人归来。在我微驼的背上，仿佛落下了母亲般温暖的抚拭,为我拂去晚归的尘土。

左手边有人在竹榻前泡茶,两三个好友对坐,四五个茶器罗列,七八束热气袅袅,气流升腾中,我闻到了来自慈城三勤白茶的香,有老城和远山的味道,也有乡人和茶农的"乡土气"。芦席向南开,窗被细竹挑起,涌进满怀的阳光,让人错愕,不知如何迈开迟滞的脚步——我是回家了吗?候我的是梦中的亲人吗?不忍多望,怕坐下来谈天说地,在亲情的挽留中,误了这慈舍的大好时光。

右拐,过屏风入内,满园的阳光普照,温暖直达心房,它们在我的发髻上闪烁,在我的肩膀上轻抚安慰,托举着我松垮的腰身,摩挲我长满老茧的脚掌……它们轻轻唤我:"别急,慢下来、停下来、坐下来啊。"

抬头闻见墨香,水池东南角的窗都开着,雅乐阵阵,伴着寥寥的几个人轻轻的笑,她们低眉敛目沉心静气,或轻笔细描或浓墨重彩,山水得失皆在她们的点画之间。

背靠桥身,我在桥沿上席地而坐,任近处的绿波、红莲、肥鱼,从身边经过……

又想起慈舍的雨来。

若是蒙蒙细雨,人像是入了一场隐秘的情事——撑把油纸伞,在慈舍中独行,推开一扇掩映在灰瓦下的木门,斑驳的老墙通向喧闹的街巷,我看到了那行穿过历史和生活的喧闹的目光,以及久远前的过往。

慈舍靠近北头,再走几步,就是慈湖了,那是一个说不清

味道的湖,安静在细雨蒙蒙时,明朗于阳光朗照中,诗人、大家闺秀、自然之女、吟唱者……都不足以展示她的面貌。她既婉约又豁达,静静坐在老城的一角,张开双臂,袒露胸怀,慈湖应了这拈花微笑的姿态,慈舍也悟得了其中的豁达和开朗。

  舍,有两种读音,第四声有家的归属。慈城是我的故乡,每当回到慈舍,就觉得回到了梦寐以求的家,一张大床,一席洁白无瑕的床单,一张简单古旧的案几,踩着吱呀作响的老木头地板,推开木格子窗,听窗外雨声潺潺,听熟悉的乡音,听冯骥才悠悠的怀想……迟暮、深夜、清晨、正午……无论何时,只要你推开慈舍的门,或小坐或品茗或写文或插花或练字或闻香。哪怕无所事事闲逛,和朋友轻言细语或狂放不羁阔谈,慈舍都会接纳你的所有。慈舍的"舍",也可读第三声,舍去、舍弃、舍离,不动声色地舍了这尘世的浮华。

大饼裹油条

几年没吃大饼油条了？十年或十一年。我死心塌地想吃的，是单位老地址旁那家大饼油条，可它突然搬走了，之后我再没有吃过大饼油条。

儿时，想吃大饼油条更难得，那时没多少吃食可供选择，大街上大饼油条店只开一家。做工实诚，不敢掺假，油和面粉都是真的，那揉揉搓搓的功夫也是真的，让人踏实。生病、考试、远行……在这些紧要关头，两个大饼加一根油条，像是隆重的仪式。

老单位旁的大饼油条特别好吃。奇怪，开在派出所旁，方圆四五十米独它一家吃食店，借了建筑工地的一处小偏房，简单能原谅，捎上个"陋"字实属该，没个卷帘门，一块灰黑的布充当帘子，隔开了生活和生意两件事情。店内塑料桌数量寥寥，还没有相配的凳子，被面粉弄得暗淡失色。就是这样的一家小店，引得周围书院、派出所、大学里的人纷纷前往。不凑巧时，还得等位子。

偶尔也抱怨店主的懒惰和目光短浅，先把"脏乱差"问题给解决了，生意这么火热，再扩充一下店面，多赚点钱，岂不妙哉？那个黑乎乎的壮实男人，只顾埋头做大饼，连眼皮都不抬一下，更不用说搭理你了。有些微词的，也只好走到一旁干等位子。问的人多了，店主只好懒懒地说上一句："我的兴趣是做大饼！"言下之意，赚钱这事只归他家婆娘管。我几乎大笑，一个样貌平平甚至跛脚的中年男人竟说出这样的话来，养家糊口不重要吗？细想，微微一愣，原来做大饼也可以是一个人认真对待的事，而不仅仅是谋生的手段。即使在"做大饼"和"赚大钱"之间，每个人也有不同的选择，无论做出哪种选择都值得我们尊敬。

冬日早晨，暖阳中挑个窝风的位子，一副大饼油条在手，一碗咸豆浆在桌前，看着车来人往，和着咸豆浆氤氲的香味，畅快地呼着热气，在迷茫的晨雾中缓缓展开的，还有美好的日子。

赶课时来不及坐下吃，常叫老板给订做个特大号的饼，有多大？半尺见圆吧，抹上大块猪油，擀得薄些，再撒一大把芝麻。店主卷起袖子，让整个面饼摊在手臂上，侧身瞅几下，往炉子里猛的一贴，再拿钳子把四处弄平——四五分钟后，大饼出炉！我手忙脚乱地接过来，对折夹根刚炸好的油条，像是喷发的火山口，"滋滋"冒着热气，窸窸窣窣掉着芝麻，我交替甩着被饼烫痛的双手，忙不迭地一口接着一口，狼狈但欢快。

可惜，这种幸福因为店家的搬迁而不知所终。和许多忠实的吃客一样，我也认真地问过他们的去处，但没能再见到他们。

发小小妮

清明那天,眼瞅着小妮从山上下来,沿着她必经的小路,我兜住她闪烁的眼神:"小妮,我是阿军,咱们加个微信吧。"

小妮是我发小,我们有近三十年没有见了。

小妮姓叶,比我大六天,都是年尾的姑娘,小时说起彼此的生日,总要补一句:我离年三十还有四天,小妮还有十天。好像这么一说,就能把我俩在这世上紧紧连在一起,一生一世都不分开。

生日的时间事小,两家大人为了俩孩子不能确定的出生日子抢摇篮的事,才更有趣。

我们两家住在一个偏僻的村里。小妮家就在我家院门对出笔直十几米远的地方,中间没什么遮挡物,一条两米宽的石子路直通,彼此几间小瓦房寂寞地一前一后挨着,和村里的每家每户一样,在贫穷中打发艰难的日子。那时村里很少有自行车,产妇上医院,就坐"元宝篮",竹编的放大的"元宝"形篮子,产妇窝中间,两头扁担一架,两个男人一路飞奔,比手拉车少些颠簸。

村里只有一只"元宝篮",两个孩子说不准到底谁先出来。

我妈的肚皮比小妮妈妈的大些，妇女主任做主把"元宝篮"先放在我家。

大人们说起这天总是眉飞色舞："那天晚上雪大的呀，家里又没啥吃的，你妈又饿又馋，只能炒把豆子吃。她把豆子咬得嘎嘣响，嘴里念叨'菩萨保佑，可不要今天生，路上难走啊。'话音未落，竹门敲得砰砰响，小妮母亲羊水破了。""快，'元宝篮'快给我们！"两个男人急迫地说。

我爸妈没办法，看着小妮的父亲、叔叔抬着"元宝篮"出门，又看着他们在风雪夜中，脚深脚浅地奔向医院。父母一夜未睡，怕我这个调皮鬼，也赶着风雪夜抢着出来。

应是炒豆的功劳，也可能是冥冥中和小妮的约定，我并没有在这个晚上"忙中添乱"，在妈妈肚子里安分地待了六天，等小妮和她妈一起回来，把"元宝篮"送到我家里，才不紧不慢地出来了。这点总让我觉得在以后的日子中，小妮对我的好，理所当然。

从记事起，小妮就是我死党，她家开杂货店，店里只卖吃的，五香瓜子、苔菜月饼、木莲冻……我对所有美食的启蒙，都是从她家的杂货店开始的。

因为开杂货店，小妮家是村里最早买电视机的。电视机放在她父母房间里。从我家一路狂奔，穿过小妮家的后院，经过她家灶间，直接穿到堂屋，右拐进门向东坐下，就能看电视了。电视机小得跟火柴盒一般，在那时却是村里所有孩子最向往的。奇怪，少有小伙伴来小妮家看电视，只有我一坐半天，从吃晚饭时看到电视闪雪花。小妮父母床的帐帘已合上，他们发出阵阵鼾声，只有小妮还陪我坐着，等我眼皮打架自动起身，她陪我穿过堂屋走入灶间，穿过后院，送我到家门口，看着我进门，然后踩着月光自己回家。

小妮家的后院是几间蘑菇房，蘑菇房高大阴森，里面昏暗潮湿，气味异样，大家常说那里有鬼。于是，我白天找小妮时，也要先在后门把她叫出来接我进去。

每个深夜里，我不知小妮是怎么独自回去的。但这还不是小妮为我承担的最难挨的事。

早上起来，我总要被父母埋怨："你啊，晚上别去小妮家看电视了，听听，小妮被她父母骂了。"

农村穷，小妮父母精明，平时就紧缩着日子过，进进出出从不空手，能不开灯就不开灯，家里黑漆漆一片，全靠着勤劳节省致富，却遇上怎么也赶不走的我和安静却坚持陪着我看到电视闪雪花的小妮，我不敢想用了小妮家多少度电。

从九岁那年我们全家搬迁至今，和小妮已近三十年未见，时有消息从老家传来：小妮的母亲年纪轻轻突然离世了，后来，她的父亲因车祸去世，唯一的弟弟也不能令她省心，找对象、结婚都由小妮亲自操办。送走了家人，安顿好了弟弟，小妮才谈恋爱结婚。所幸，命运总是相对公平。小妮之前经受的风雨，最后全由小家庭的幸福抚平。而我，尽管和小妮近三十年断联，果断要了她的联系方式。总觉得，她的一生和我有着不能割舍的情分。

亲爱的小妮，你包容了我幼时所有的顽劣，也给予了我在故乡难忘的快乐。

番薯阿大

挠头咬笔杆子,父母骂:"笨,脑子被番薯塞死啦!"孩子不服气:"番薯噶好吃,怎会塞住脑子?"看孩子还不会,父母丢下句:"侬这个番薯阿大。"

番薯阿大?做番薯阿大多好。

《农政全书》写道,番薯由明朝陈振龙"取薯藤,绞入汲水绳中",巧妙躲过检查,"始得渡海"。因来自域外,故称为番薯。二十世纪七八十年代的家里堂屋角落里总堆着番薯,家家都种,户户都吃,孩童最好的零嘴也是番薯。

三四月份,农人们在田间地头起垄作畦种番薯秧。秧不用特地到市场买,挑几个发了芽的老根,红枝蔓绿掌叶戳在灰扑扑的番薯上,等着种到田里。下几次雨,晒几日太阳,田垄上欣欣然一片。不用多久,地下的番薯比上面的藤叶多了。于是,孩子们"贼眉鼠眼"地登场了。

女孩心痒,拧了玫红的番薯藤,小段小段地折,中间连上细藤皮,两边打个结,往脖子上一挂,"项链"红中带绿,精美别致。不担心番薯藤会被采完,它们相互挨挤、缠绕,密麻葱郁,巴不得孩子们给采摘一些去,好让它们透透气。一会儿工夫,姑娘身上挂满了"首饰",身上泛着股淡淡的清香与甜润——生番薯味。

孩子们无论干什么,都来番薯田,瞅准了藤叶密的,揪住一丛就想拔出一堆番薯来。番薯藤长又乱,要连"根"拔起,难!几个人力气不够,望风的急了,凑过来撅起屁股瞪圆眼珠子使劲,还是拔不出。有几个恼羞成怒了,捡了旁边的树杈、石块,对根部乱撬乱砸、手刨脚踢。没多久,番薯出来了,四周一片狼藉。还没来得及吃,偷番薯的和望风的都被抓住了。

那家地的伯伯挂着锄头站在田垄一头,脸涨得黑红,眼珠子瞪得老大,敞着脏衣服,胡茬儿一根根立着……孩子们低着头,谁也不敢大喘气。

"小兔崽子,快把番薯给我收拾收拾!"

狡黠的笑浮上嘴角,偷番薯的小孩们胡乱捡起地上的"罪证",一窝蜂四散逃窜,心里还悻悻忖:凶什么,地里的就是大家的。

孩子也有正儿八经在番薯地里跟着大人捣番薯的时候。

一锄头下去,大人顺势往上一掀,椭圆的番薯,沾着新鲜的泥,散着湿润的喜气,带着细根须,组群似的冲了出来。孩子乖乖蹲在离锄头尺把远的地方,瞅着锄头上的"泥串子",顺势往身后一丢,不出半个小时,田垄一头便堆起了一座番薯山。

没有什么比这刚出土的番薯更美味的了,扒去泥,往溪水里一淘,捞起来将皮成块剥下,粉红的、淡黄的瓤渗出白乎乎的汁,甜香粉脆解渴耐饥。有些性急的,干脆直接把番薯往衣服上蹭蹭,嘎嘣几下咬开,就着碎碎的黄泥下肚。

据说吃生番薯肚子里会长蛔虫,脸上皮肤会变得黄一块白一块。可乡下的孩子不管,谁让番薯那么好吃呢。

番薯四季都适合种,我吃过番薯干、番薯汤、番薯羹、番薯条、炸番薯、番薯粉勾芡做的菜、番薯粉蒸馒头。番薯藤的吃法也很多,炒、蒸、焯都行。番薯吃多了,胃气猛胀,打饱嗝、放响屁是常事。别难为情,都是番薯阿大——脸红、肩圆、臀肥、腿粗、头大,脑袋瓜不那么灵光。

余生,做一个被自然、故乡和家人的温暖塞满身心的番薯阿大,不亦乐乎?

方便面自由

冰墩墩自由难实现,方便面自由总可以吧。方便面自由只针对方便面,什么时候吃,吃几包,怎么吃,哪里吃,什么口味都随你,充分实现个人自由。要在以前,可不容易。

四合院里谁家煮方便面,肯定是有孩子病了——黄桃罐头、苹果、油条都哄不住了,父母只好搬出方便面:"快去买一包方便面。"孩子眉开眼笑,躺着的也能爬起来,呼哧着把方便面连面带汤全下肚,摸摸肚皮,心满意足。旁人以为这玩意儿真能祛病,将信将疑地对方便面充满了向往。

院里的其他孩子急坏了。四合院在此刻铆足了劲儿,封了方便面的香,先和各家的餐饭争斗,然后占据了院里人的嗅觉,做作业的弃了书册,煮饭的离开了灶台,洗衣的抹干肥皂水……大家纷纷趴在窗前,哪怕只闻到一点方便面的香味,也觉得满足。

于是我和哥哥联合起来,去父亲面前花言巧语。我们给父亲捶背洗脚,然后悄悄提出愿望。父亲对我们显然有着不问青红皂白的宠溺,只要他兜里有钱,肯定瞒着母亲和我们一起吃方便面。

但他只买两包,都给我们兄妹俩,自己是不吃的。他会说妈妈说得对,这样的顽皮只能是偶尔的。他说自己不喜欢吃,人大了永远要做正确且有用的事。我想他该是不爱吃,大概,沾在碗壁的葱花和胡萝卜粒儿,才是他钟爱的。三十年过去了,还记得父亲与我们"合谋"的细节。

也怪,母亲总有许多理由把方便面拒之门外,比如防腐剂没营养,家里有饭为什么要浪费钱,不干净不卫生等。

可方便面于小时候的我,一直是高高在上的神往。

如今,再问起母亲关于方便面的危害,她却装聋作哑,顾左右而言他。那是因为,年近八十的老母亲自己实现了方便面自由。

周末去看母亲,发现墙角堆着两箱方便面。我将母亲一通数落,母亲默不作声。我将带来的菜洗净切好下锅,给母亲好好做了一顿饭,扶她到桌边坐下,盯着她乖乖吃饭。

一愣神,母女角色互换了。我心里一酸,泪水涌上心头。

放风筝的人

　　我过去时,只看到一对老夫妇前后站着,背着双手转过腰身,直愣愣地看——

　　五月的傍晚,我在江边公园夜跑。东风徐徐,漫不经心,带着潮湿和软糯,黏住散步的人,环绕在人们的唇角边、眉梢旁。那对老夫妇盯着的是一只巨大的风筝。

　　风筝飞得很高,呈蝴蝶状,南北方向挂在空中,肚腹微微朝天,条纹处红绿小灯泡闪烁,风筝线被牵在十几米外一个中年男人的手上。男人转着的转盘约莫脸盆大小,微突的肚腩被红褐色皮带勒得滚圆,稳稳顶住了风筝转盘。男人板寸头,脸泛青光,格子衬衫系在淡蓝色牛仔裤里,脚穿软底布鞋,正松松紧紧地放线收线,我心里暗暗叫好:专业。

　　他微耸着黑壮的眉毛,低低发出严厉的警告:"让开一些,让开一些……"对象包括那对专注凝视的老夫妇。人们本来还游走在周围,打太极、跳广场舞、和孩子嬉戏、给宠物狗擦屁股……瞬间慎重庄严起来,纷纷收神、收身、收声,主动避开。

东风中,风筝南北放置,左右摇摆的风筝线要伤到人的。

男人扯了扯线,试着放了几卷又收了几卷,脚一前一后,缓慢踏实,每一步都充满了庄重。人们自动噤声,以他为中心,形成了强大的气场。孩子不哭了,鸟不叫了,江水缓了,只有不远处大街上的汽车不知好歹地呜呜响着。

风一直在,也不知等到了什么机会,男人猛一扯又一放,步子急促又坚定,风筝打了个趔趄,摇摆着偏西斜飞了起来。西边的观众轻声惊叫,随男人的手势和风筝方向,"呀"的一声齐声抬头望向空中。风筝像是受了鼓励,不多做盘旋和停留,侧头歪起身直向西上 —— 男人不松手,转盘在手中呼呼响着,看不清收还是放。风筝在空中面向东背朝西,不动声色闪着红绿的光。我为起飞前的姿势纳闷:是东风,为什么要南北朝向放呢?愣神间,空中的风筝小了许多,在半空中摆开架势,稳稳定住迎接南来北往的客人,俨然是空中的主人了。有飞机来,闪着彩灯,地下的人们和我经过长长的静默后,终于自主地呼了一口气,对着天空指指点点,说说笑笑,担心是多余的,瞧,多么和谐。

一个小男孩抱住男人的腿"外公外公"娇声叫着,男人腾出一只手一把提起外孙胳膊,把小的放在肚腩上的转盘中,没等外公指挥,小的把住把手胡乱转起来 —— 风筝在空中细微抖动几下,路人倒吸一口凉气,"啊"了一声。小的一溜烟滚下外公肚腩,外公毫不含糊,盯住风筝,把住转盘,握起把手,嗖嗖几下,好了好了,风筝线绷得笔直,风筝笃笃定定 —— 路人忍不住又"呀"了一声，松了口气，各忙各的去了。男人这才腾出手摸摸外孙脑袋，对满脸委屈的小家伙说："没事没事，一会儿再放。"

一直默不作声的女儿用手机拍下了这一幕，拍下来的还有老妇的笑和来往的人。

隔天风大，又看到了那个放风筝的人。这次他换了只更鲜艳的章鱼风筝，尾巴足有五米长。这次女儿和孙辈们不在，只有老婆子远远坐在石凳上，笑眯眯地看……

赶　集

逐渐无"集"可赶。

何谓赶集？二十世纪七八十年代，每周或每半月，在农村偏远地区，男女老少会进行一次囤物换物的约定俗成的集中买卖。

二十世纪八十年代，宁波乡下还留有赶集习俗，随着城市扩建，要到城里添置家用，大人骑车赶十几里路到城里做买卖。天蒙蒙亮出发，午饭前赶回，省顿饭钱。心心念念去城里的急切算得上"赶"，"世上所有好东西都在城里"的笃信，就叫"集"。

小时候赶集要激动很久。万事俱备，还得考虑交通工具。"11路"——双脚走最方便。真不远，过泥路翻山头，再走几条石子路，两三个钟头后城门就若隐若现了。运气好碰到熟人骑自行车，还能被捎上一段。骑车人有时只能装没看见，猛踩踏板走了，呼啦啦一大群孩子，带了这个，落下那个，谁都不高兴。孩子们背着黄鳝笼，吊着青蛙网，抬着泥鳅担，篮里堆野菜,手上提西瓜,脖上挂野果……一路打闹,仿佛看到城门在迎风招手,集市里的好东西正舒眉展眼。于是,孩子像是脚下长了俩风火轮,早饭吃了仙丹,浑身是劲,眨眼哈气间就到,不"赶"。

赶集,惊心动魄,但真忘了买卖了些什么,只有赶集路上的阳光一直斑驳闪烁。说来,四十几年过去了。

家搬到小镇是二十世纪九十年代初。小镇不大,有两个菜场,再加上流动摊贩和陆续开张的超市,购买日常用品十分方便。人们无法一下忘记赶集的习俗,每逢周三,小镇人按时赶集。

百余米长的街上,聚满了四面八方的人,蛇皮袋一铺,钢丝床一立,竹竿对撑,中间拉条绳——摊的、摆的、挂的、垂的,吃的、穿的、用的,城里话、乡下口音、普通话,叫的、笑的、骂的,拉扯的、聊天的、唱的,浩浩荡荡的集子,从这头到那头,像舞龙舞狮,只要挑头的一挥彩灯,整条街都能腾跃到空中。

父母常一起赶集。清晨五六点,集子里的声音摸着老楼墙根钻到耳中。父母拿起日用品单子,携手去集子里。不急,先吃早点,吃粗粮选东北点心,吃精细进广东人的摊,本地的早点也应有尽有,大饼油条、粢饭、汤圆。到处都是熟人,不相熟的见面也能聊半天,大家热闹地说着今天的集子。

很少陪父母逛集子,先是外出求学,后是工作以后机会少,但凡凑巧逢集,他们总把我拉去,殷切地问我是否吃早饭,再细数家里要什么。我不忍避过父母殷切的目光,任由他们牵住我在集子上逛,"老冯福气好,囡陪着赶集,孝顺啊!"于是,父母的声音比集子上任何人的都响脆。

如今,父亲去世已近两年,赶集成了母亲一个人的事。有一回,天色已晚,赶集的人渐渐散去,集子中只剩寥寥几人。母亲踯躅在一个正收摊的小贩前,拉住人家说着什么。我过去问:"妈,怎不回家?"她说:"打发时间。"父亲没在的日子里,母亲的时间陡增,多得让她无所适从。原来,赶集在母亲生活中成了陪伴。

我曾托母亲帮我在集子中寻几条儿童睡裤,母亲二话不说,买了做睡裤的全部材料——棉布、针、线、橡皮筋,费了许多时日给家人每人做了几条,洗好晒干交到我手中,还有一股来自集子的烟火气息。

受疫情影响,赶集被取消。母亲和集子,都在岁月中逐日老去。

"隔屙浆"

写起来实在为难,可这样的游戏怎么能不被记录呢?

怎样诚实地表述这个游戏原本的名字,着实让我伤透了脑筋,打在文档中,文档毫不客气地用绿色波浪线提醒这个词语的错误,勉强通过的只有"浆"字,水字底,较浓的液体,让我想起孩童们在隆冬的暖阳下,为游戏挤出的各种"浆水"——眼泪水、汗水、鼻涕水、脚汗,甚至还有小便。

隆冬,瓦楞沟渠间渗出的寒意,一早便鬼鬼祟祟顺着屋檐溜下,原以为能投身往下,却禁不住挽留,垂在两排瓦中间,犹豫成了冰凌,一整排参差不齐。这样冷的天,没风可以到处跑,有风就只能窝在草垛下或屋檐转角处。

小孩可停不下来,也找个屋檐,开始了冬日里为数不多的游戏——"隔屙浆"。找堵老墙做场地,新楼的水泥墙不行,墙面粗糙刮衣服,新石灰老爱往人身上蹭,大人看了准骂:"又隔屙浆去了!"太旧的也不行,碎砖断瓦本就苟延残喘,这里塞块抹布那里吊只板刷,中间还堵几只臭袜挡风,哪禁得起孩子们"隔",还来不及使劲,耳边就响起声音,不是屋主震耳欲聋地骂,就是老屋子哐当哐当地反抗,仿佛随时都有可能千军万马地倒下来。新旧参半的屋子最好,禁得住挤,主人又不心疼,拢着袖管看屋檐下的孩子闹腾。

阳光豪迈,挥洒大量颜料,把黑灰的屋檐泼得白净、金黄、透亮。七八个孩子,说得响话的人,只撇嘴挥手,一队人马细听指挥。个大的靠墙根转角处站好,弓背缩头肩角紧顶住成直角的墙面,两脚做弓状。为首的摆好阵势,像地基一样,窝风、扎实,地基的坚固程度可是游戏成败的关键。接下来排列的位子没有优劣,最后的那个得轻巧,其他人都要左右两边夹击,只有他一心一意对付前面,瞻前不顾后。

游戏开始,大家直愣愣盯着同一个方向,只等发令声:"隔屙浆啦——"不知谁惨痛地大叫一声,六七个人的队伍瞬间缩水到一半,大家自动变成细长形队阵,有的龇牙咧嘴,有的面红耳赤,还有的仰天长啸……大冬天,几个小胖子的脸上掉下了汗珠,短头发上热气腾腾,还不罢休,拳头攥得紧,牙关咬得嘎啦嘎啦响,肩膀一进一出,生怕前面的那个挤不出去,又怕后面的那位"鸠占鹊巢",一时气急,大叫着:"憋呀——"哎呀,谁的裤裆哗啦啦?谁的裤管湿答答啦?谁的眼泪水跑步啦?又有孩子大叫着:"没挤出、没挤出——"谁抹着眼泪到队尾去补齐啦?谁穿着湿裤子边哭边笑啊?谁的娘提着柴棍来赶啦?谁惊起了满树的乌鸦?谁笑掉了大牙?谁又在大叫着"隔屙浆""隔屙浆"——

如何正确地把这游戏的意思和方言结合起来，我为此着实伤透了脑筋，还请教了研究当地方言的老师。"隔屙浆"是浙东地区宁波小孩冬日里的一个游戏，作家王选童年时也玩过这个游戏，他们叫作"挤麻子"。林海音先生也写过这种游戏，北方话叫"挤老米"。先生记录下来的儿歌很生动："挤呀！挤呀！挤老米呀！挤出屎来喂喂你呀……"在我眼里，"挤麻子"和"挤老米"都不如宁波土话讲出来更畅快和有趣，反倒儿歌比我们傻傻喊"一二三"有趣多了。如此简陋的游戏，却能令人收获如此多的快乐。"隔"是挤，"屙浆"是粪便泥土，用"隔屙浆"，蕴含着土味的当地话，让小时曾玩过这种游戏的人，瞬间感受到苦日的快乐、寒冷中的热忱、逼仄中的宽余、贫穷中的富裕、困难中的幸福。

给苹果削皮

"给苹果削皮,简单。"我脑海中闪过这念头:一手拿刀,一手握苹果,摁住一头匀速转。

转眼孩子已能吃辅食了,想起父亲总说苹果有营养,想着每天给儿子削个苹果。一愣神,一截苹果皮掉到地上,心里懊恼——其实,我削苹果皮并不像父亲削得那么轻松。削成一段长长的苹果皮,像花一样绽放,更难。至少,需要全神贯注。

幼时,父亲常在我们兄妹面前表演削苹果皮。他抖着长长的皮炫耀道:"厉害伐?看爸爸削的苹果皮多长,都不会断。"说完,得意地拎着苹果皮抖着。

我的父亲,岂止削苹果皮这点厉害。

我五岁时才见到苹果。父亲在工作之余承包了一片鱼塘,简陋的草棚是他的容身之处。三十多岁的他,坐在被褥凌乱的床上,抱住坐在膝头上的我,侧头问:"爸给你变个苹果出来好不?"

"能吃不?"农村丫头希望什么都是吃的,一听说有苹果,忍不住直起身子,转过头烁烁望着他。

"快变出来,爸。"我扒住父亲的脖子,大声嚷着。

"好,等着。"父亲爽利,先把抱着我的手松开,放到腰后,"一、二、三——"果真,父亲抓着个大苹果在我眼前晃,好大,居然盖住了我的脸。

我一把抓过苹果,笑着跳着跑出家门,满村嚷嚷:"我爸会变苹果,我爸会变苹果!"

人生第一次见到那大过人脸的红苹果和父亲削得又细又长的苹果皮。事实证明,父亲到处都能"变"出苹果,从被子底下、肚脐眼里,有时突然从天上掉下一个,还有种在草堆里的,从桌底下滚出来的……大多数都入了我的肚子。

因工作关系,父亲一周回一次家。每到这时,我们兄妹俩反复要求:"爸爸变苹果,变苹果!"母亲嗔怪我们:"你爸爸不会变的啦,他带来的苹果是从牙齿缝里'生'[1]出来的。"我们知道父亲常抢着上晚班,只有上晚班才有米、面、油,还有苹果。

周五傍晚,父亲要回来了。

天还很亮,村口小路两旁的树影斜亮斜亮的,兄妹俩等在老木门前,只需听到一阵"丁零零"的声响,就知道父亲从四十里外的城里回来了。好像是突然就出现在了眼前,他双手稳稳把住车龙头,高大的身影微微前倾,左脚踩踏板,右脚从三角档后跨下,划出一道漂亮的弧线。还没等车停稳,父亲就摘

---

[1] 宁波慈城方言,省的意思。

下绑在后车架上的包裹，抛进了我们怀里。母亲热衷于包里的米、面、油，我们的注意力全在苹果上——绿的、红的、光滑的、疙瘩的、粉的、脆的……一人挑一个，拿起刀凑到父亲跟前："爸，削苹果皮。"

父亲拿起刀在井沿上擦几下，刀就亮了。他撸起袖子，一屁股坐在早已备好的竹椅上，看了我们俩一眼说："要开始啦。""快点，只能吃半个，晚饭要吃不下的。"母亲催促着。哥哥捶背，我蹲在父亲的膝旁，狗趴在跟前，猫咪斜了一眼走开了，只有那鸟不依不饶地叫着，一声声鸟叫，随父亲的手势和一圈圈的苹果皮，缓缓流淌在静止不动的日子里，不曾远去。

二十世纪九十年代初，全家到小镇生活。大街上到处飘着麻油鸭的香味，香蕉饱满挺立，粉色的肉夹着翠绿的葱，让人垂涎。苹果，早不像小时候那般稀奇好吃了。"变苹果"的"魔术"很愚蠢，让青春期的我倍感可笑。看到父亲每次因削苹果而表露出来的专注神情，我忍不住用鼻子哼唧——落伍，谁还用刀削苹果！

父亲不上白班时，总会送苹果到学校来。我正在教室里刷题，同桌戳了我几下，抬头发现同学们都盯着门口一个怯怯的身影——提着苹果的父亲。我皱起眉走出去，把他拉到离教室稍远的树下，没好气地说："又来了，我不吃苹果。"

父亲好脾气地笑笑，掀开铝制饭盒盖子，拿小刀挑起一块放到我跟前，说："乖，快吃，好长身体。"看着他高高举起的手，那被切得小块的苹果，还有近乎讨好的笑，一股无名火涌上心头。我怕被老师和同学看见,赶紧敷衍吞了几块,连连摆手说:"去吧去吧,够了,回家再吃。"

风吹过,带着梧桐叶的沙沙响,五月的蔷薇很香,父亲远去的身影有些佝偻和悲伤,我的内心像初夏的蝉——躁动、烦乱、不安。

从那以后,父亲很少在我面前表演削苹果皮,他只是把切成小块的果肉放到我的书桌上,第二天再默默收走果碟。

如今,父亲去世已两年,每当吃起苹果,我心中便会想起那个为我削苹果皮、切苹果块的身影。

果果红

小满前后,为了果果红,孩子们成天野在山上。

山不高,是"散落在平原上的盆景"。五月初,沿古道拾级而上,山中野果纷纷迎接,太热情。小孩贼溜溜地满山窜,成天和山过招,不多时便能找到想要的果子。

有人偶尔见到,仅止于叫声"好"——无非是一丛丛野果,硬币大的圆叶,在山野铺天盖地的绿中,并不显眼。可对一天不上山就像挨了打似的农村丫头来说,确是一片"好"。相看总不厌,唯有山中果。这果,就是被当地人称作"果果红"的山间野果子。

和惊蛰不到就开得喧嚣泼辣的杜鹃花不同,也和清明刚过就噌噌往上蹿的春笋不一样,果果红的"春"在小满前后。山间闪闪烁烁的红,慷慨至极。三五场春雨,七八日太阳,山野就像一位待嫁的姑娘,哗啦啦打开抽屉,亮出筹备已久的嫁妆——果果红。

得揉亮眼睛才能看仔细,指甲盖大的果果红,躲在叶片底下。风来，左右摇摆，趁人不留意，忽地长开。踏入其中，摘几颗放入嘴里的甜爽可口，盛入篮中的晶亮可爱，镶在枝叶上的丰满动人，好像小满这个节气赋予了人小小的满足和幸福。

先前，谁会顾着这些可爱的小东西？

春寒料峭，顶着山间的风，它们试探着长出朵朵白花，被一<u>丛丛</u>绿叶挡着，小得几乎看不见。风稍一温情，它们就如脱了缰的野马，可劲撒欢，风吹雨打日晒都不怕，一会儿就蹿上来了。一朵朵一簇簇的花，圆乎乎的瓣，黄澄澄的蕊，淡分分的香，奔在山野间。放眼望去，这片蒙蒙的雾，那朵洁白的云，走进细瞧，是开得正欢的花儿。也有顽皮的，小小几株，一声不吭往里躲，专等你走近，随风忽地跳出耀眼的白，还入梦中，一回回在春风荡漾的夜里忆起：花开得旺，果子也会长得饱满，却少有人发现。

大家都暗暗惦记，心照不宣地伺机做些什么——期盼中，花谢了，长青果子了，青果子大了，青果子泛白了，青果子微红了……

终于等来了果果红成熟。女大十八变，她们优雅、矜持地红着，小果柔嫩可爱，是谁家姑娘眉心的一颗红痣？轻轻一笑，莞尔动人，再笑，连整座山都不再矜持，忍不住"噗嗤噗嗤"地红了脸。远望，漫山遍野竟被这种小小的红染遍了。

若还嫌不够热闹，拿孩子来凑。他们蜜蜂般嗡嗡地飞着上山，不管上不上学，三五成群拥进山坳——顶上的那片是二狗的，山腰的是河边阿波的，山腰下的给了弟弟妹妹们，至于零碎的,留给村里不得势的。满山的果果红是农村孩子的"地盘",清晰地划分了势力范围,和平共处,互不侵犯。

孩子们不吃饭,满山乱飞,钻入果果红丛里,先把肚子吃个滚圆,再一颗一颗存在篮里。不带篮子时,随手揪一根野草,一头打个结,另一头草尖刚好可以串一串果果红,一个、两个……一颗垒一颗,长长一整串,提在手上挂在脖间,有时还能上慈城去卖,羡煞城里人。

宁波一带,果果红的叫法很多——苗、覆盆子、摘摘公、矮公公、种地红、地摘公、子子公、嘎贡……农人们把它们当成了自家丫头,随口叫着。网上叫它们"野草莓",太一本正经,不是我所喜欢的。随了乡人们,我一边叫着这些活泼生动、令人眉开眼笑的名字,一边悠笃笃地进山吃个滚圆的肚子回来。

正如唐代诗人王维在诗里描述的那样,愿君多采撷,此物最相思。

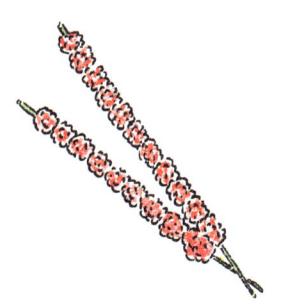

猴　戏

多少年没看到猴戏了？

小孩都爱看猴戏。在二十世纪七十年代闭塞的农村，村里人没看到过真正的猴子，更不用说会做戏文的了。耍猴人破铜锣一敲，破烟嗓一喊，能把邻近的几个村庄掀翻天。

五六岁时，有地方发了洪水，灾民携家带口逃了出来。常一觉醒来，大人们又在屋里坛坛罐罐中"搜刮"着，想着给他们送点什么。大队几间茅草房里，宿满了灾民。这样的日子里，我见到过两次耍猴人和耍戏文的猴。

耍猴人衣衫褴褛，面容瘦削憔悴，跑鞋踢破了头，露出黑黢黢的脚趾，和鞋一个色。肩上背个麻袋，干瘪粗糙，一根细长有力的鞭子显摆威胁着。为了报复耍猴人打猴子，我们恶作剧，把他的麻袋丢到草垛，扒开一看，除了几只破烂的脏碗和一条同样破烂的薄被，以及几套小猴穿的衣物，再没其他。

不耍猴时，猴子大多时间半蹲在耍猴人肩头，微低着头，手里剥着什么，专注忙碌。这是它最从容惬意的时候，没耍猴人的使唤，不用对看戏人奉承，小小的身体因放松而松垮，毛发干枯萎黄，肚皮露着小猴儿才有的粉红，两只大眼睛滴溜溜地打量着别人。有时，它跳下来，脖子上牵条哗啦响的细铁链，手脚并用在地上扒拉，凑巧捡到点鸡狗留下的麦粒，满脸欢喜，用两指轻捻起对着亮光处一照，四处炫耀个够，再放嘴里嚼半天。有时，它也能捡到大人丢下的烟头，学着耍猴人的模样，跷起二郎腿，装作吸烟，模样让人哭笑不得。

猴子，和五六岁满地打滚、狡黠要吃的小孩，没啥两样。

我尤喜看猴子走。耍猴人嘴角叼着纸烟跟在后面，猴儿瘸着或是屈着腿晃在前面。它伸着巴掌大的脑袋，张着闪亮的大眼，露着粉色的肉肚兜，左顾右盼，打量着陌生的路和屋，满脸好奇。第一次，耍猴人给猴子穿了件黑色长马褂，头上顶着绿色瓜皮帽，再把自己的烟管塞给猴子。猴子熟练地吧嗒几下，呛得弓背踉跄，又被马褂绊了脚，冲冲向前几步，像是要摔了……耍猴人一扯铁链，猴儿像轻飘飘的枯叶，向后倒了倒又站住了，抖了抖它的长马褂，犟了犟头吸口烟，好像啥都没发生。

小孩跟在猴儿和耍猴人后面，前呼后拥。看着猴和耍猴人浪迹天涯的潇洒模样，我想，肯定很多人都有这想法：读啥书，耍猴去得了！

猴子有时也发脾气，不知瞅准了什么机会，没套铁链或铁链没在耍猴人手上，猴远远逃开，蹿到高处。耍猴人软硬兼施，讲好话甩鞭子都没用。远远地，猴和主人对峙着，眼中充满了不屑、叛意和愤恨，像一个从深山里逃出来的幽灵，好不容易回到了群山的怀抱……不去理猴子，耍猴人吃饭抽烟蹲茅坑睡觉，都按自己的节奏来。时间差不多了，掏出给猴吃的食物，摊在手上，猴子立马乖乖就范，驼背耷眼垂着双手，一副奴才相，眼里盛满了顺从与谄媚。

我看过几次猴戏，被密密麻麻的人群夹着，和大家一起笑得前仰后合，也为猴故作紧张的模样跺脚惊叫，也喜欢猴子穿着各种小衣服，扮做官的趾高气扬，扮小姐的扭捏作态。那五颜六色的服装让我在逼仄封闭的山村日子中，对长大后走出大山的生活充满了无限向往。

走出大山后，再没看到过耍猴戏的和被耍的猴子。动物园里有猴山，猴山上有猴妈妈给猴崽子捉虱子，也有猴子眼巴巴盼着游客喂吃的。后来，动物园搬到很远的地方，去过一次，看到猴子都放归了山林，蹿上蹿下，十分活泼。再后来，就只在电视新闻里看到猴子了，哪里的珍稀物种得到了繁育，哪里的猴子成了道风景，哪里的猴子骚扰了百姓……

焦牛是头牛

焦牛其实不是牛,是一种植物,芭蕉的"小妹妹",花是娇红的萌妹子,根是大刺刺的女汉子,宁波方言称其为"焦牛"。

可我觉得,焦牛确实像头"牛"。

立春刚过,和先生沿村口河边散步,村野泼辣,难得安静,先生突然惊叹:"呀,这么多焦牛居然没人捣!"顺他手指的方向,我看到河岸上错落排着冬天的焦牛,叶片萎黄但枝条挺拔,在风中铮铮而立——焦牛浑身赤红,顶端带卷边的绿叶,边缘镶着丝丝红带。我心里轻叹:要在以前,这该是多大一笔钱,够全家老小忙几天了。

焦牛和芭蕉是"姐妹",后者高大,多情旖旎。焦牛矮小,瘦削秀气,但绝不因矮小而乞求怜爱,反倒在田头荒野激烈的竞争环境中倔强执着地生长,长得热烈激情。

我家院门左侧,有丛焦牛,叶子狭长,叶梗环环相扣,中间探出些嫩叶和纤枝,笔直向天。花季,顶端串串生火的花引人注目,嫩得怯生生,开得欢俏。

母亲不喜焦牛种在窗檐下,她把那丛焦牛赶到院门外,随意丢了。早春,焦牛根扒住土块长着,嫩嫩小小的,像群探头讨食的雏鸟。拿它们做"牛",倒泔水,埋垃圾,鸡屎狗粪也倒,草木灰算是奖补。荒草碎土成堆,点火做焦泥,烧上十天半月,也不知是否焚到焦牛"心"。它们却并不因被亏待而委屈瑟缩,在大家的说笑打闹中独自努力,蓬勃得理直气壮。

孩子喜欢焦牛,单纯为了花。雨后,摘朵焦牛花,娇嫩的花底坠颗晶莹的水珠,带着昨夜雨的梦呓和花的心事,甜蜜又深情。手一哆嗦,那滴精华吧嗒掉了。快别叹息,赶紧对准花管猛吸,清澈和甜蜜都还在。幼时少有早饭吃,孩子摘了河边的焦牛花,一路嘟嘟向前,是花的蜜水,给了他们清晨的满足。

农人的心从不在焦牛花上,底下的根才是他们常记挂的——焦牛粉、块用来蒸、炒、煲……可填饱肚子。捣焦牛隆重,收成时得请人出工,还管饭。饭桌上,必有焦牛细粉青菜肉圆汤。细粉吸足了肉汤,圆润饱满,筷子一戳晶晶亮,劳作的辛苦顿时消散。

逆境时,焦牛用根将心事深藏地底,内化为成长的动力。顺境中,焦牛用花把美好呈给高不可攀的天空,赞美生活,写下诗行。世间万物,如此种种,何其相像。用焦牛来比喻人生再贴切不过。不讲环境,不求条件,珍惜生命,花开时激情,脚踏实地时埋头向内……焦牛真牛,它知道的事情比我们多,它的思想和人生态度要比我们成熟。

走出山村后,我常希望自己就是一株焦牛,随处生长,牛里牛气,既脚踏实地地生长,也保有冲天的美丽。

教历史的饶老师

　　老师姓饶,饶恕的饶,是位男教师,江西上饶人,操一口没翘舌音的普通话,长圆脸、细眼睛,在三十年前教我们历史时,已是满头白发。他常穿件深蓝色中山装,扣子一丝不苟,表袋中别支亮闪闪的英雄牌钢笔,和鼻梁上酒瓶底厚的近视镜片很配,走路挺胸腆肚,旁若无人,同学们都蛮怕他的。不知为何,他总满脸通红,不是喝酒的原因,与肤色也无关,就是那么红。夏天,他喜欢穿件白色汗衫,外面罩件浅灰短袖衬衣,西裤穿在肚脐眼儿上,勒得肚子一圈儿圆鼓鼓的。上课进教室,汗衫外套衬衣,热得满脸都是汗。格子手帕常放在讲台上,他撑着双臂在讲台边,边讲课边擦汗。

　　我调皮,经常故意弄出些事来逗老师,不喜欢做作业,下课跑得没踪影,要交作业了就随便抓起谁的作业本,狂抄一气,应付了事。饶老师对我又爱又恨,他喜欢这个学生无畏的闯劲儿,也希望她能静下心来踏实学习。每次见到我,哪怕在大街上,他也急急停下那辆老得咔咔响的二十八寸自行车,撑住脚，摇手叫我："你个瘟婢，来来来……"我过去，他将我上上下下打量一番，若看到我穿得邋遢，先是撇撇嘴，然后开始数落，像父亲审视将要出门的女儿，眼神中充满了欢喜的担忧，见我散成沙，又正色教育起我来。我心思全不在学习上，嗯嗯啊啊硬着头皮应着，像还未能独立的子女，不得不应付唠叨的父亲。

同学们知道饶老师偏爱我，常要我去问考试重点。

"饶老师，饶老师……"我捧起历史书，凑到老师跟前，一脸坏笑，"帮我看看，这题怎么做？"这次，我又装作一副好学样，跑到老师办公室问问题了。办公室玻璃窗外攒动着几个人头，那是班里的几个男同学。他们的历史期中成绩不上不下，要是期末考试再考砸，要挂红灯笼了。我受他们"贿赂"，来饶老师地方"刺探情报"。

饶老师见是我，挺了挺眼镜直了直脖子，扫了一眼书中的题目，拿过红笔，操起上饶腔，细心讲解起来。没一会儿，在这个章节点点画画红通通一大片。

期末考试，那道题是卷中分数最多的。我凭着残存的记忆，得了小半的分。其他同学，个个满分。再见到饶老师，他的脸更红了，扯起嗓子从鼻子里"哼"了一声，我知道，老师识破了我的诡计，心里生气了。饶老师的"哼"全校有名，他不但对学生"哼"，对学校里的领导，对校务，对发生的一切不合理的事，都会涨红了脸报以"哼"，大家在他"哼"过之后，都只有乖乖改正的份儿。

可我不怕。

尽管"哼",我已被"哼"了许多次了,像被打了多次的小孩儿,知道父母为何生气,什么时候动怒,手会落在哪个地方,哭声该大些还是小些,什么时候可以嬉皮笑脸了……"哼"过之后,再有什么问题去问饶老师,他还是像从未发生过什么一样,继续给我讲题。

回镇上陪母亲,她说起饶老师,我一愣。没见饶老师已经三十年了。母亲说,她常在清晨散步时碰到饶老师,每次见面,饶老师都会扯着他那洪亮的嗓子,大声问:"冯志军这瘟婢呢?好不好啊,很久没见她啦……"

听母亲转述,我心中难过,是时候要去看看饶老师了,这一声三十年未变的"瘟婢",嗔怪里带着宠溺,和去世的父亲喊我的那一声一模一样,是爱,更是偏爱。

吃杨梅来啊

那时,连没杨梅山的城里人都拍胸脯招呼:"来啊,到阿拉慈城吃杨梅!"谁让慈城山里头有杨梅呢?谁让慈城人热情好客呢?

穷时,慈城人只敢在杨梅成熟时节,才敢招呼外地人来做客。正月里杀鸡宰羊成本太大,只够招待远道而来的亲戚;国庆中秋这种节日,吃的给小孩打牙祭还不够;素日里,田里蔬菜多,家禽下的蛋要攒着,到城里头卖了换油盐。只有杨梅成熟时还能胖着喉咙喊一声。

有人呼朋引伴大排势场地叫了一帮人,去乡下吃杨梅。他们操着外地口音,骑车乘车拎包,衣着光鲜,声音喧嚣,打破了乡村的宁静。

孩子们看到这群"天外来客",紧张中带着欢喜,他们羡慕这些陌生人带来的城市气息,也惊讶于他们说的话、做的事、眉宇间的神情,居然和农村人有那么多不同——一件淡色夹克衫,拉链锃亮;他们的手真干净,手臂上一条条青筋真好看,指甲养得老长；女孩都扎着辫子，辫子上飞着蝴蝶，花袄前襟别着条长手帕，别针闪闪发亮；男孩裤管膝盖上干干净净，没补丁没泥块，手里还举着把木壳枪，嘴里"啪啪"响；他们的妈妈总把手帕捂在鼻子旁，踮着脚，翘着兰花指，小心谨慎地走进走出……大概是城里人对农村生活还不是那么适应，但只要一到杨梅山上，一看到杨梅树，他们就完全变了样。

男人们脱掉了外套，把雪白的衬衫挂在树梢，只露出汗衫背心；女人们心疼鞋袜，早在进山时已一路"哇啦哇啦"叫唤，惊得山上的鸟一丛丛飞出。女人们来到杨梅树下，流着口水，指指这个点点那个，指挥爬上树的男人采摘。也有的看着杨梅，马上不端架子了，亲自爬上杨梅树开吃。小孩儿们起初的新奇，瞬间助长了乡下孩子的自信，没过会儿他们便忘了形，捡着地上的杨梅打起了仗，看得乡下孩子眼睛直出血。要知道，地上掉落的杨梅，常是乡下孩子的宝，他们小心捡起轻轻吹干净，背到城里卖掉后，就是一本书、一只铅笔盒、一个小玩具。于是，他们悄悄捉了蕨菜尖上的虫，甩到城里小孩的衣服上。现场一片混乱，叫声哭声骂声笑声一片。

快要吃中饭了，山下的叫唤一声声盘上来，比初夏的天还要热情。杨梅一篮篮列在树下，是一个上午的战果。饭菜早已在八仙桌上备好，倭豆[1]夜开花羹、葱煃河鲫鱼、菜蕻干汤、红烧黄鳝……酒也早已热好，装在锡打[2]里酝酿情绪。各式各

[1]　宁波慈城方言，蚕豆。
[2]　宁波慈城方言，一种装酒容器。

样的板凳、筷子、勺子严阵以待,它们有的是自家的,有的是从别人家借的,还有的是新买的……乡下人家除了杨梅成熟时节,并不常有这么多的客人来,他们用最热烈的盛情,来招待一批又一批城里来的客人,送走一篮篮杨梅,牵走一束束对城市的向往,点燃对美好生活的一次次希望。

如今,慈城城里人还是没杨梅山做靠山,请起客来喉咙还是笃胖的,而现在除了杨梅,慈城的名片多了去了——乘地铁四号线,东钱湖的、火车站的、机场的客人,都纷纷涌入,古城建筑群、年糕、面条、冯骥才……样样都是慈城人引以为傲的,能和杨梅一起待客的"招牌"。只是城里人早已不一样了,或者说,乡下人和城里人已经没什么区别了,更或者说,乡下人活得比城里人还要滋润。每每回到老家,看着整洁的庭院、整齐的院墙、崭新的楼房和精致的内饰,听着乡下人悠然笃定的话语,那一句临别时的"来吃杨梅啊"还是能深深触动我的内心,透着实实在在的自信和欢喜。

来我家里吃饭啊

请人来家里吃饭,敞开大门,把日常生活的琐碎,袒露在客人面前,需要勇气。

先生喜欢请人来家里吃饭——小辈的侄孙、徒弟、我的闺蜜、他的挚友。一旦决定请人到家吃饭,头天晚上就在脑袋里打草稿了。做什么拿手菜、荤素如何搭配,至于买些什么特色的菜肴,要根据来人的爱好和时令来定。比如蔬菜,三四月买莴笋青菜,五六月买青瓜西红柿……费钱另说,关键是费时费心。

很久以前,物资匮乏,人们却常愿意请人来家里吃饭。

小时候看到家里来客,小孩子们最高兴。

和平日比,好吃的东西更多了,父母不当着来客轻易骂人。关键,做客的还会提些礼物来,水果和糕点是稀罕玩意儿。照例,男人们在一起抽烟讲闲话,小孩儿们相熟的不相熟的很快打成一片,滚在地上,妈妈、阿姨和姐姐们在竹椅上坐不热,去井边打水,钻灶间穿几根柴,搭把手洗个菜,拔筷子分碗,得空往男人茶杯里添点水，顺便再笑骂几句玩疯了的孩子……一刻都停不下来。堂屋和桌上的菜一样，客来客去热气腾腾。

用片子碗还是用老粗碗盛菜招待客人，有本质的区别，前者碗身浅小，后者又大又肥，一个老粗碗顶两个片子碗的量。主人是羞于拿片子碗装菜的，明显缺少待客的真诚和热情。

红烧肉真厚实，在老粗碗里晃荡，肥的娇羞，瘦的矜持。最重要的菜放在八仙桌中间，四周围着咸菜爊笋、炒青菜、红烧冬瓜、油爆螺蛳、葱爊河鲫鱼……饭菜的原料来自田间地头、山上河里，那是农人的"菜场"。它们众星捧月，拱着中间那盆红烧肉，十分壮观。

没到吃饭时间，小孩似馋猫一样盯着了。酒，肯定是要喝的，锡打放在一旁，几盅酒下肚，哥几个的声音就大起来了。妇人和孩子们可不会陪着他们慢慢啜完锡打里的酒，先收拾一下桌子，洗几个碗，接着嗑瓜子、搓麻将、拉家长里短了。至于小孩，早跟着稍大点的孩子出去疯了。堂屋里的时间，像首节奏明快、张弛有度的乐曲，热热闹闹之后悠远绵长。

转眼便是下午三四点钟，早夜饭[1]时间快到了。热闹的"曲声"再次响起。妇人们惦记着家里的鸡狗，使眼色催促端着酒杯的男人快点起身。主人们不乐意，拉住对方大声说："吃点早夜饭再回去，把中午的菜热一热，家里有什么就吃什么！"男人们惦记着锡打里的酒，犹豫地看看妇人，屁股黏在老竹椅上

---

[1] 宁波慈城方言，晚饭的意思。

起不来。见状,男主人拉得更勤了,让女主人系上围裙到灶间去忙。孩子们早"投了敌",要是父母不答应留下,他们就滚在地上开始号哭。妇人们心里忧愁:留着吃晚饭,恐怕还要留宿,家里可怎么办啊。

也有留不住的,主家和客家像拔河,你拉我扯,彼此声音都很大,旁边一堆围观的,还以为吵架了。最后,一个拖家带口不舍地走了,一个在后面遥遥地赶,张望着说:"再来家里吃饭啊!"

我家住六楼,每次有客告别,我一定是开着门相送,听他们的脚步声啪嗒啪嗒远去,像是依依不舍远远地说着再见。若是远行,一方挥手远去,一方踯躅着不忍先行,说上一句:"回来了再到家里吃饭啊!"那该是怎样的一种深情呢?

赖被窝

"赖"和被窝搭档,才显出被窝本来的面貌:温厚憨实。此种行径在隆冬尤为亲切。"金窝银窝不如自家草窝","窝"指窝,由此联想起鸟窝、狗窝,臭烘烘的,却又暖又软,心怀暖意。

冬日早晨,窗外灰蒙,我哆嗦着不肯起床,开了所有的取暖设备,差家人准备热水袋、电子产品、小零食和闲书,不去管热了好几遍的早饭,准备在这难得的休息日里,一直赖被窝。

小时赖被窝,被里被外冰火两重天。我和哥哥足抵足,睡同一张竹眠床,大概是昨夜吃了炒豆,每当在要睡觉的紧要关头,哥哥就在对面开始"乒乓"了。他有个坏习惯,喜欢闷头闷脑睡,母亲常说那样氧气不足,会长不高,现在想来哥哥的个子不到一米七,大概是这缘故。每次发生,离开被窝儿不可能,我狠狠踢哥哥一脚,哥哥也恨恨回踢——被窝儿成了战场,热气逃光了,墙角的风呼呼往里灌,被窝儿成了冰窖,我俩只能暂时停战,一人一边,悻悻地继续睡觉。

太阳爬过山头,落在木格子窗上轻唤着赖被窝的孩子,看孩子们睡得沉,不忍把他们嘴角的笑意变成霜花,轻悄地在天空挂着。转眼日上三竿,母亲中午收工回来,一掀被窝儿,看到兄妹俩的被窝儿比鸡窝儿还热,骂道:"鸡还生蛋,你们俩干吗呢?"免不了一顿打,我们俩穿衣套鞋,一路号叫着去学校……当时的痛哭流涕到第二天又忘了,继续闷头赖被窝,改不了。

寒假里赖被窝天经地义。奇怪,到了那时却赖不住被窝,有时被屎尿憋醒,有时禁不住玩伴"勾引",有时饿了,有时等雪……就是不想睡。

常被母亲一把摁住:"贱,好困[1]懒觉又伐困了,起来跟我下田去。"想起田埂上积着的霜花,吓得一激灵,麻溜缩回被窝儿,背着太阳又是沉沉一觉。有时,肚子饿得咕咕叫,披件棉袄半坐在床上,大叫:"妈!饿啦!""饿煞句[2],叫啥叫,等着。"没过多久,母亲便端着一个热气腾腾的大碗进来了,菜泡饭、番薯汤、面疙瘩、年糕汤……母亲扯过张旧布铺上,把筷子调羹碗盏,还有冬日从外裹挟进来的寒意一并放好,孩子呼噜噜就是一大碗,把碗往旁边一丢抹把嘴巴,缩下身子又见周公去了。

就这样一觉觉睡着,时间过去了,日子转弯了,我长大了变老了,成了那个叫孩子不要赖床又纵容孩子赖在床上的娘。

---

[1] 宁波慈城方言,睡觉。
[2] 宁波慈城方言,饿死鬼的意思。

马兰青青

"三五六,三五七,三八三九,四十一,马兰开花二十一……"

三四月,田里春菜疯长——荠菜、马节节[1]、地冠葱……我挑过荠菜,做过马节节为原料的青食,用地冠葱爁过河鲫鱼,至于马兰,只记得外婆做的凉拌马兰。

春日清晨,和先生走在老家的村路上,眼前一亮,水渠边有大片鲜嫩的绿——叶片光滑油亮,呈水滴状,根根簇簇,伸着翠脖颈使劲向阳光够,饱满迫切得能扯出整个春。

跨进青石板,我摘起马兰,闻闻捻捻满鼻子香,一把把藏裤兜放衣袋。正摘得高兴,不远处一个老伯大叫:"我家的马兰,你别摘。"无意中,我竟"偷"了别人的地作货。待他走近,依稀辨出我也曾是这村落的人,说:"没看出是你,我去年在这里下的籽,忖今年开春去卖。你逮你逮。"

---

[1] 宁波慈城方言,节节菜。

一个"逮"字,勾起了马兰给予我的所有美丽回忆。

农村孩子的闲暇大多给了山野。我小时候跟在外婆身边长大,春菜猛长时,外婆给我们个篮子,表哥摘青表妹揪葱,我上山逮马兰。

不愁,马兰成堆长,太阳还高,可以慢慢逮。

穿小河迈田野,爬上缓坡穿过葱茏的小竹林,山顶到了。环顾脚下的村野,河水在阳光下泛着白晃晃的光,弯曲交错绕着小村。牛羊悠闲,嚼着满口的春,缓步挪移。农人在田间俯首劳作,鸟啾啾叫了两声就消失了,油菜花黄得正好,点缀着广袤的大地……我深吸一口气,早把外婆的话抛在了脑后:摘了大把的喇叭花,别胸口、挂衣襟、插发梢、含嘴中;捡几个"灭得郎"[1]插上细枝,平地上一转,天地开始旋转起来。春笋、蕨草和艾叶东躲西藏,暗簇簇伺机长;当心小白花,再过半个月,一朵花就是一只果果红;斑鸠在山林间叫唤,伴着竹叶的沙沙响,些许瘆人。待我从花丛里、叶片中抬起头,陡然发现太阳已沉到山后。

月淡淡的,星挂出来了,天灰山暗风冷了,篮里啥都有——五彩的叶、白毛针、去年冬天的果、一只找不到路的爬虫,唯独没有外婆要的马兰。

"囡——"外婆的急唤盖过了风声,压住了斑鸠的叫唤,循着山脚一层一层爬上来,我忘了周围还有什么,只跟着声音飘

---

[1] 宁波慈城方言,陀螺。

来的方向,连滚带爬下山去。

外婆张开双臂迎着,我扑入她厚实的棉袄中耍赖:"外婆怎么才来找我?"

"我在山下喊了半天。"

"没听见就不算。"我晃着外婆的手撒娇。

"出门前就说好的,我一喊就回来的。现在罚你不能吃晚饭。"外婆眨了眨眼,佯装嗔怒。

我红着脸嘟囔着:"篮里有好多东西的,看看,为了摘白毛针,膝盖都破了。"我夸张地挽起裤管,非得让外婆看看脚伤。

外婆笑了,掂掂篮说:"东西不'少',够吃一天了,说好的马兰呢?"她俯下身在河边揪了丛马兰,放进嘴里嚼碎吐出,一坨坨敷在我大张旗鼓的伤口上:"坏囡,也不早说。下次知道马兰可以止血了。"

晚上当然有饭吃,笋丁凉拌马兰,浇上了喷香的麻油,在暖黄的灯光下亮晶晶的。月光笑着,鸡鸭们窝在笼子里聊天,马兰很香,兄妹们都很小,外婆额头的皱纹很深……

清明上外婆坟前,绕着走一圈,土堆上、砖石边、杂草丛中,马兰青翠碧绿。坐下,细细掐了马兰头,放在鼻间轻闻,是清幽的微苦。捻几朵入口,仿佛回到了从前。外婆哦,我没忘记,马兰能止血,能治我匆忙中跌撞的伤,也能治这一生所有必尝的苦。

梅　时

黄梅时节家家雨,青草池塘处处蛙。

六月中旬后是江南梅时,慈城人因其雨多,器物易霉,称其为"霉时"或"黄霉天"。乡人仔细,据雨量和温度,又分冷黄梅和热黄梅。热黄梅,雨少天热,也叫空梅。芒种一过,天热得躁,太阳晒得地面出盐花,地表存储了所有的热来蒸发雨水。冷黄梅就是一天到晚都下雨,天气阴冷灰暗得让人丧失信心。无论冷热,黄梅天都不好过。

入梅,雨水缠绵,嵌入每个日子的缝隙中。农谚说:"雨打黄梅头,四十五日无日头。"到处是滴滴答答的雨和迷迷蒙蒙的雾,湿度大,和温度一起捣蛋作怪,人身上湿答答黏糊糊,嚷着透不过气。黑灰的屋瓦拢起层"青烟",墙头镶着青苔,鸡狗甩着身上的毛,懒洋洋地蜷身休憩。和盛夏的热不同,盛夏是火,干脆利落,梅雨时的潮湿和闷热,显得优柔寡断。

小孩最躁,他们不明白,四五月的明朗和通透还没享受够,咋变天了?只过了一夜,早起的人就懒。狗不像往日,只伸舌头喘粗气,耷着脑袋,四脚懒洋洋搭在泥地上,蔫儿了。泥地像长了癫痢,疙瘩东一处西一处,泛出黏兮兮的黑。别靠墙根走,蹭一身土,用鸡毛掸也无济于事。石灰墙冒着虚汗,配上斑驳的墙面、红黑的墙砖和老旧的木柱——梅时到了。

鼻头冲进一股味道,空气以诡异和妖娆的姿态,在梅雨季湿润隆重的蛊惑中,悄悄发霉了。

湿就湿吧,再闷再热,霉了又怎样,乡人总有足够的经验和热情,和自然美美相处。新咸齑用卤水浇上一闷,豆腐、千张等着发霉,过几日掀开,霉菌细小妖娆,幽绿的线条散发着诱人的臭气。蒸上,撒点盐,着几粒味子素,菜油沿碗口轻下,香得要命。阴冷湿润的梅雨季里,霉,令人喜笑颜开。屋外的雨下得缠绵,屋里的人一口霉千张一口臭豆腐,裹着火热的新米饭下肚,外头霉着的声色油亮了,湿朽的树变绿了,连屋角无声息的霉,也多了份额外的生动。

山上杨梅快乌了,新晒的霉干菜笋干烤肉味道正好,山后的梅子黄绿,父亲们又要泡酒了……怪不得少时,我总为这纷纷的落雨到底是叫霉时还是梅时而困惑。

家里至今还放着四口樟木箱。我九岁时,父亲砍了房前几棵大樟树,请村里木匠敲了四只樟木箱。箱子结实,箱口用了老铜锁,清漆着身,纹理自然亲切,梅雨天里藏些紧要衣物,不起霉,闻来还有股樟木香味。以前,闻到谁衣服上有这味道,心也会跟着明亮远荡。

无论有无樟木箱防霉,慈城人家都喜欢在七月中旬出梅后,大张旗鼓地把所有的衣物拿出,摊在太阳底下晒,我们称之为"晾霉"。大人们在灰尘和喜悦中进出,一件件一层层摊开,满是重逢的喜悦。一个院里几户人家说笑着,声音笑貌比日头还亮。小孩们捧着衣服献殷勤,没多久就忘了自己的目的,笑嘻嘻穿梭在阳光和树影斑驳下,在父母一声声呼喝中,扶住晾衣服的三脚架,玩你追我赶的游戏。

运气不好时说"倒霉倒霉""去,到太阳底下去去霉",人们笃定相信,坏运会统统不见的。出梅和晾霉,就像过节一样充满仪式感。

慈城的黄梅天是热闹的,坛坛罐罐闷,乒乒乓乓煮,里里外外晾,进进出出笑……火亮了,吃的热了,胃头实了,储的多了,心里就踏实了。人们从不放过季节的变化,用忙碌与自然的变化相应和,顺应日子的安排,任劳任怨,落雨刮风下雪打雷,好坏都受,也包括这漫天的霉,且受得喜乐。

七月初,太阳火辣辣的,孩子们烦恼又快乐,出梅时是期末时,日子数着过,稻谷已青青,杨梅赶趟似的跑下山,赤脚的小孩试着下河"狗爬",夜头月下的晒谷场上稀疏出现了乘凉的人……终于,挨出了梅,盛夏来了,喝了那么久梅雨的树、草、花,饱胀鲜艳得连这天都容不下了,人兴奋了起来——好运道要来了。

摸六株

婚礼上，二十个孩子盛装出席，琴声悠扬，能容纳百余桌的五星级酒店大厅里，席上都是好酒好菜。坐在身旁的大舅突然问："宁波老话里，'摸六株'知道吗？"

大舅今年八十五，读过大学任过要职，普通话讲得好，和小辈说话，总一口石骨铁硬（很硬）的宁波话，肚里乡俗的东西多。

摸六株？我是二十世纪七十年代出生的宁波农村人，远天扒地[1]的事物比小年轻知道得多，可大舅问得我目瞪口呆。

"和种田有关。"舅妈不忍大舅"为难"我，忙解围。我兴冲冲接上："就是田里插秧，对伐？"

小时家里没水田，为了赚些小货铜钿（零钱）买零食，七八岁小娘跟在叔伯姨娘身后，学大人将秧苗戳田里，种三丘田得一毛钱。

---

[1] 宁波慈城方言，很久远的意思。

芒种前后，天微亮，山水脉脉，清新湿润，人们身上穿得轻便，赤脚挽裤管担竹担，竹担里装着胖乎乎的秧苗，吱吱扭扭担过曲折的田埂，带着一路的欢喜来到田边。

田耙平了，镜面般倒映着高远的天，微隆的泥土和刚露头的草尖好奇地打量着飞云，逗得云傻愣愣地停在头顶，倒栽着投入到镜面中。白鹭鸶单足立着，突然伸脖子一啄，水波漾开才突然发现那不是画。

把秧担放在田埂上，抓起秧把子尖，朝近处的田里甩，秧把子垂着黄褐的胡须，在空中划出闪亮的弧线，和农人的轻呼声一起打破了初夏的宁静。农人们站在田头角落，拆开捆秧的稻草，俯身埋首一路向前，声势浩大的插秧便开始了……

"不，你说的插秧和摸六株相差十万八千里。"婚礼司仪已在台侧准备了，大舅见我不得要领，有些着急。

"五代十国时，宁波奉化有位高僧叫契此，现在叫他布袋和尚。他乐于农事，为提高农民生产效率和稻谷产量，教了农民一种种田方法：据成人肩膀宽度，从左到右匀势插秧，插下来大概有六株，就叫'摸六株'。一丘秧插下来，横平竖直，整齐。"

"布袋和尚是宁波人？他'发明'了'摸六株'？"这真是个久远有趣的故事。

"一知半解。"大舅嗔怪，"布袋和尚说过，三耕九耘田，石谷九斗米。种田不只种下，秧插好后耘田是关键，耘田也是'摸六株'，来回要摸九回……"

婚礼开始，主家备了大礼在台上，投影忙着播竞猜题。我无心热闹,只隐匿在历史的尘埃里,默然想着"耘田"。

"在田里摸来摸去?"

小时候,农人把秧插下后,天天起早摸黑杵在田里,个把月里很少有停歇时。他们低头在田里摸,手里满了就起身往田埂上丢坨烂泥。"不是烂泥,是野草。"大舅打断我,"野草长得快,争肥还影响秧苗采光,强坏霸道影响收成,常贼头狗脑簇簇动。"

原来,"摸六株"还包括耘田,在秧田前后左右,反复松土、除草,草倒田松,提高产量。从秧苗种下开始到长到尺把高止。耘一次田相当于插一回秧,腰酸背痛。

大舅看我凝神,笑着开导:"布袋和尚留下首诗,'手捏青苗种福田,低头便见水中天,六根清净方成稻,后退原来是向前'。"

"摸六株"是倒着走的,为了保证田面平整,利于播种,减轻农人的劳累。据传,"倒走法"也是布袋和尚发明的。从中,我读出了农人的"粒粒皆辛苦",也被"六根清净方成稻,后退原来是向前"的智慧所惊艳和触动。

恍惚中,婚宴结束了。每桌还剩许多美味。服务员备了几个打包盒,望着只动了三分之一的食物,我心感惋惜。

墨戳烂黑乌馒头

说乌馒头墨戳烂黑,冤枉,不过是在面团一头沾了些红糖,赤褐色而已。

慈城人称东西颜色或事情程度深,爱用"乌"字,杨梅熟透用"乌黑"、淤青说成"乌青"、眼珠叫"眼乌子"……还用土话"墨戳烂黑"来形容乌馒头,大概和人们对其的喜爱有关。二十世纪七八十年代,生活贫穷,有这么一种吃食,能蘸满红糖,填饱肚子,没人不爱。

大饼油条之类的吃食刚出现时,都是由小贩提篮走街串巷卖的,买紧俏货还得去城里。鸡叫时,村口传来大饼油条的叫卖声。他们挎着竹篮,篮底铺层棉絮,上面再盖一层,吃食保温却已绵软,早失了原有的味道。

农村人在吃上,不敢奢求。所以,当小贩取出干瘪瘪软趴趴的吃食时,我们也欢喜。

外行人吃乌馒头要吃热的,挑小贩篮中焐着的。其实乌馒头凉了更好吃,融化的糖水紧黏住馒头一端,厚厚一层,入口清凉嫩弹，像吃了凉皮冻。没蘸着糖的随边缘散开，一口咬下去满嘴松软，像跌入了翻滚的棉花糖。多年后吃到果冻，才发现软糯糯凉丝丝的甜味，是小时乌馒头给我的味觉启蒙。

食物的风华不停流转，细想，流转的不只是食物。

喜欢乌馒头刚拿出来时，薄纸紧黏在墨戳烂黑的一头，和红糖贴在一起。纸湿透了，渗出甜蜜的糖水。付完钱忙接过，先把五个指头挨个嘬一遍，吧唧吧唧响，馋得旁边既没乌馒头吃也没大饼油条啃的小伙伴红了眼，直勾勾问："你吃的什么？啥味道啊？"

是蔬菜卖了好价钱，还是打麻将赢了钱？趁父母开心，伺机多买一个乌馒头吃。两个叫一对，糖对糖黏着卖，不用纸包。乌馒头按常规应该一对对卖，小贩看孩子没钱又想吃，就拆开卖了。

属于我的两只乌馒头脸贴着脸，当它们从篮里拿出的那一刻，围观的人眼神黯然。我高兴得恨不得要墙头的牵牛花藤爬满村落，做喇叭到处吹，告诉村里的每个人——我今天吃了一对乌馒头。

这是双份的喜悦和幸福。

慈城人有句话叫作："端午粽子，芒种馒头。"馒头就指乌馒头。

芒种是农人最忙的时候，中午常没人做饭。太阳晒到头顶，大家往田埂上一坐，拖过饭篮掀开毛巾，拿出一个个墨戳烂黑的乌馒头，咬一口，就着凉好的茶水，吞下的是长时间在田中劳作的辛劳,还有满眼的山色和水田的充裕。

  风很轻,白鹭从水田上掠过,飞向远处,电线上一群群麻雀游荡,叽叽喳喳。有人戴着宽檐的烂草帽赶着牛赤脚经过,也不出声,只"啾啾"地赶。黄狗无聊,横在田埂上,偶尔蹦起追蝴蝶。远处的山色像墨戳烂黑的乌馒头,酝酿着秋来时的峥嵘。只有天上的云,不经意地飘,也像乌馒头,一圈圈的,引得农人们多坐了会儿。

  真好吃啊,真好看啊,真安静啊,真满足啊……那时的人没有过多的想法,食物在口中,就是单纯的味道;活计在手中,就低头去做;日子在眼里,就踏踏实实地过。至于其他,都归其他,不赶、不愁、不争也不抢。

  乌馒头,是每个老底子慈城人熟络的东西。像"墨戳烂黑"这个词般土里土气,你说得泪流满面,而别人却未必能懂。

木莲冻

大暑,天热得惹人生气。婆母端出碗木莲冻时,我才忽然想起那户人家,那个哥哥。

"木莲冻解暑。"婆母舀出碗透明的东西,小步走过来。碗里的冻片薄,婆母每走一步都要抖上许久。她拿起糖水洒了几滴,插入调羹,往我跟前一推,示意能吃了。

冻片一勺入口,一种来自植物的清新口感占据舌面,一口下肚,烧得火急火燎的肚子顿时微凉,我好奇:"妈,好吃,什么做的?"

婆母七十多岁,脸上的褶子一年比一年深,嵌着的都是乡间地头的农事,她擅长把田里的各种农作物搬上餐桌,用朴素的智慧养活了一大家子。

看我吃得欢,她笑得皱起了脸,拿出些零碎的物件——盆、冷开水、中华牙膏、纱布和一把黑籽。我帮不上忙,看她三下五除二把黑籽包在纱布中揉搓,枯瘦的手在水中上下翻飞,不到一根烟的工夫,水里起了小泡,纱布黏糊糊的,先前圆乎乎的黑籽都碎了。

"捏碎了,籽里面的东西才能融到水里去。"婆母看我疑惑便解释着。她挤出两指宽牙膏往水里一搅和,又说:"再到冰箱里去冻一会儿,洒上糖水,就成了你吃的那种。喏,就是爬在屋子上的,书上叫薜荔,文绉绉的不好听,我们叫木莲,和木莲树又不一样。你要吃的话,再去摘些新的来。"婆母指向河对岸一座"绿色"老屋。老屋在太阳底下热辣地绿着,我定睛看了看笼在老屋上的绿植——这不就是小时候常在通往外婆家的路上看到的藤蔓植物吗?它叫木莲?

外婆家在小路拐角处,就在眼前,近得似乎能听到外婆的脚步声,我犹豫着不敢独自过去,在路中间有间绿得发黑的老屋,爬着的藤像流浪汉身上的污渍,油腻、顽固、张扬。

老屋杵在路旁,薄碎瓦垒成几堵墙,墙身勉强搭住。年久失修,快要倒了,多亏满墙成年的木莲藤紧扯,这头拉那头,那头帮这头,才不至于马上坍塌。木莲藤厚叶深绿,丛丛紧挨,五六月间开出白花,足有小孩拳头大。远望,深绿上蒙层白,好看。九十月,椭圆的果子垂在藤蔓上,饱满厚实,很诱人。

无论是花还是果或是俗常的叶,都不会有人去摘。老屋实在破,我敢保证,只要谁一动手指,就会哗啦啦坍一地碎片。抬脚迈上青石板,屋内的黑深不见底。这屋从不关门,既因老木门太破旧了搭不上,又因屋内没可看,也没啥可偷的。或是屋里人长年瘫痪,太想要屋外的声音或什么人走进这间屋了吧。除一两只老母鸡唤进唤出找食吃,一只老狗躺在门口闭眼长睡,没其他活物。

躺在屋里的女主人,在村民的口中神秘地流传。她矮胖还满脸麻子,成年累月不洗澡,臭得连邻村人都能闻到。在大家的流言中,自然冠上了"疯"字。蹑手蹑脚走过老屋,哪怕蒙住了眼、屏住了呼吸,门里的阴冷还是会凶猛地渗出来,好像稍一顿下脚步,整个人都会被吸进这深不见底的黑洞里,永世不得翻身。

可,这个总生活在黑暗中的女人,有一儿一女。

第一次见到女人的儿子,是在夏日午后,我正靠墙根,想伺机溜过去,瞥见屋内闪出一束亮色。身着白衬衫的哥哥搀着佝偻的母亲,一步步挪出来——因为阳光,妇人微眯着眼。哥哥侧过身,一手牢牢抓住母亲的臂膀,让她的大半个身子都靠在自己低伏的肩上,一手搭在母亲的前额替她遮住太阳,让她坐在了门槛上。母亲喘气抬头,用发黄的袖子替儿子擦去他额头上细密的汗珠,然后咧开嘴"哗"地掉下一坨口水。

我害怕,抽搐着鼻子,却意外没闻到臭味。我揉揉眼睛,看到的也不像传言中的可怕。

"还周(走)不?"母亲口齿不清,口水顺衣服又淌了下来。

"还走。"儿子顺手擦了擦母亲的嘴角。

"那我?"她侧过脸死盯住儿子,脸上好大一块淤青。

"我找了个离家近的。"哥哥揉了揉母亲脸上的淤青,"就在镇上,每晚我都回家。"

母亲突然笑了,扑倒在儿子怀里,一大坨口水掉下来,在阳光下晶晶亮,湿了哥哥一膝头。哥哥也笑了,扶起母亲让她靠在木门旁,踮脚伸手在屋檐的角落摘了几个木莲果掰开,一下下在母亲的淤青处揉搓。母亲一把夺过木莲果,使劲儿搓脸,嘴里嘟囔:"我会我会……"哥哥不争夺,转身回屋,拿好毛巾和盆出来。他擦去了母亲脸上姜黄的木莲汁,又往盆里舀了一瓢水,起身摘了几个木莲果,掏出里面的籽,在水中揉搓了起来:"娘,晚上做些木莲冻给你吃啊。"

有乡人从门前经过,哥哥抬头笑着,露出整齐白亮的牙齿:"叔叔伯伯下地啊?我没在,我娘辛苦你们照顾了。"叔伯们有"嗯嗯啊啊"应着的,有讪讪笑着的,有言不由衷说着的:"放心出去,我们会照顾你娘的。"

这些,是我再次听到、吃到木莲冻时突然想起来的,那个黑沉的老屋、满墙满檐的木莲藤、流口水的妇人和穿白衬衫的哥哥,还有那些低着头聚在一起悄悄说笑的乡人,此前一直被湮没在记忆里。

人生,大概都有很多不容易。只是命运总能眷顾,在千万次艰厄之后,会有像木莲藤这样的出现,拉扯我们一把,像一束突然穿透阴霾的光,照亮了每个不堪的日子。记得那时,春日午后的阳光照拂在这一对母子身上,木莲藤垂在门前,风一吹,调皮地四处晃,荡出好看的光影落在哥哥黑红的脸上、黝黑的短发上、白得透亮的衬衫上、结实的手臂上……哥哥,就是他母亲、这座房子,甚至是整个家庭的木莲藤,紧缠住这边将要倒下的,牢牢绑着那边经受风雨的,拉扯着被吸进旋涡中的家,替母亲和妹妹抵挡住来自闭塞乡村的偏见、生活的刁难和命运的考验。

再踏上那条小路,已是二十年后。一座崭新的二楼二底[1]的屋子矗立在先前的宅基地上,鸡仔们咯咯叫着奔东跑西,狗撵着猫打翻了一盆水。坐在竹椅上的还是那个老母亲,阳光下的白发和闪亮、豁朗的笑容。她还滴着口水,眼中却有了光,她的儿子,一个壮硕的中年男人在闹腾的家畜之间忙碌。家里添了人,明亮的堂屋内,传来一阵婴儿的啼哭和妇人的哄抱声。唯一不变的是小小的院落里,还保留着那棵很老很老的木莲藤,许是造新房子时移的时候为了移栽存活,砍了些藤藤蔓蔓,老枝结了一个碗口粗的疤,旁边长了许多密麻的新藤,咬着墙壁、攀着屋瓦,一脚一脚踏上去 —— 又是多么峥嵘的一片。

看着在微风中轻轻卷动的木莲藤,我想起了木莲冻在入口时的那一刻 —— 清新、透亮,解开了整个夏,那长长的一眼望不到头的苦。

---

[1] 宁波慈城方言,上下皆有两间房的意思。

泥　味

斑鸠咕咕一叫，农事忙了，芒种到了，空气中都是泥土的味道。

太阳一早越过山头，洒在大片水田上，水田储了一冬的欣喜，好脾气地由着天和云任性。农人和牛在田里来去，一条条好看的水纹，没边际地延展。一切，恬静安然。

我常趁双休跑到田间，找处春草厚实的田埂，面朝太阳和水田席地而坐。远处群山苍茫，近处水田开阔，小河拉住了山和田说着缠绵的心事，白鹭鸶缀着蓝天碧山停停飞飞。晨间八九点，太阳热乎了，山色软乎了，田间氤起一层薄水汽，犹如仙境。

农家赶牛，乌筱丝甩出细长的弧线，吆喝声响彻行云，此起彼伏在空旷的田野中，白亮的水中翻出泥土黝黑的浪，一朵朵黑浪在我心上震颤。我明白，庄户人的声音格外清亮和透彻，因这天、这田、这土皆是如此。我，长久又专注地坐着，不只为目睹山野的自然之美，更为了能在天地间生命最活跃的时节，深深吸入新翻的泥土味道。

十三岁前,我是宁波乡下人,贪婪地拥有漫山遍野的土香。羡慕那时的我能依山傍水,守着花草泥土和老屋人情,也守住了人生中最久远绵长的幸福。

村路曲曲弯弯,两旁是瓦房人家,土筑的围墙稳重安然。路旁、转角处、树丛下、老屋旁,焦泥胖胖的,拢成一堆堆黑乎乎的小山坡——火星正旺,闪闪烁烁,走夜路看到它们红亮,像看到了一盏永不熄灭的灯笼,心下安稳。有风来,"呼"地蹿起一阵火,大家一惊后又大笑;细雨也奈何不了它,焦泥仗着心儿深,冒着烟日夜烧,烧到没了脾气,灭了烟火气……

那是农人们扒了落叶野草,盖上碎土烧烂的。差不多时,担到田头做肥料,尘归尘,土归土。这样的泥土有草木的馨香,有日子的热辣,有水火的交融,日日在乡间的房前屋后散发着泥土的香气。扒开焦泥,滚出些煨番薯、煨年糕,这又是泥土的另一种芳香了。

无论何时回乡,或晴或雨,还没看到村落,只要盯住那片天空,看到氤氲笼着层青烟的天,心便落了地——每个人的故乡都有特定的记号,我的故乡上空,有一大朵泥土的芳香。

我们叫泥土为呐泥,有一种叫珍珠呐泥的泥土是做泥塑的好材料。上好的珍珠呐泥要到河里或田里去挖。河里的呐泥挖不到,田里的呐泥要长稻谷种麦子,大人舍不得。不管,我们常偷些田里的呐泥,找块青石板一屁股坐下,一场声势浩大的"泥塑大赛"便开始了。

说是大赛,真"塑"起来的没几个,不过是看谁的"呐泥炮仗"

泥味

掼得响。在地上甩几下，呐泥不那么湿了，整方搓圆中间挖洞，底下要平薄，倒过来在地面摔出的声音保证响脆，洞也能破得大些。除了掼呐泥炮仗，也捏个小狗小猫什么的，样子难看但有趣，印象不及做呐泥炮仗深。掼呐泥炮仗压别人一头有诀窍，往其中间吐一口唾沫，搅一搅再掼，胜率更大。一来二去，手上都是泥。回到家剥萝卜、喝凉水、嘬螺蛳，都带着股浓浓的泥味。

这样的泥土，有日光的清香，有手作的记忆，有伙伴们吵吵闹闹的声音，有童年的无尽欢愉，香得很。

农村孩子，都是泥娃娃。

我家房子在城市顶楼，想找回些做乡下人的感觉，本想开辟阳台种花饲草，苦于没合适的土，只能作罢。前两天，先生从老家带来很多泥："都是田里的，好着呢。"我发现其中有蚯蚓，喜不自禁——果然是故乡的好土。赶紧在六楼的阳台上种了芍药，埋了土豆，又给凌霄和月季加了土，期待因扎根来自家乡的肥硕土壤而开得灿烂蓬勃。

在街头巷尾来往穿梭，听见路过的人操一口石骨铁硬的乡下土话，便马上放下城里的腔调，迎上去询问路人来处，操口土里土气的话，说乡间俚语，讲村野四季，充满了泥味。

此生，庆幸曾以一个农村人的身份处世，我的家乡在河池泉井，在山田花草，在风雨阳光和泥土中。无论出走多久多远，无论曾经历过多少风霜，只要能回去吸一口泥土的气味，心情，就会无端地舒坦和清澈起来。

故乡，长在泥土中。

念　青

等了一年,屋前屋后又冒出清明的味道了。

下过几场细雨,田水汨汨,鸟热切地歌唱,唱得空气一下子活跃了。孩子们忙挎个篮,呼朋引伴到田间地头挑念青去了。念青是宁波慈城人的叫法,其他地方也叫它"艾草""艾青"。

念青多长在河边、田埂上,或是堆在山上坡地里,叶面表层青绿,叶缘不规则弯曲,叶梗深绿,背面还长着细白的茸毛,在指间捻捻,确定是春来了。

小孩挑念青不只在挑。春一招呼,到处是念青,一会儿工夫就能挑个满篮,不急。放下剪子丢了竹篮,在地上打滚才是正事。念青被碾在身底下,和小青草一起,渗出些微微的气味。趁孩子衔着鹅草,怔怔盯住天上的流云,悄悄起身挠孩子的痒,还没得逞又被孩子压住,恶作剧般揉搓着,散发出更浓的味道。孩子们笑得更欢了,惊得鸭子嘎嘎叫着乱飞,翅膀啪嗒,溅起了满池的春意。大人在村口一叫,孩子便胡乱挑了些近处的念青,只眨眼工夫,念青便高出了篮沿。他们风似的跑回家,把叮当的笑和春的味道一路掉落在绿油油的路上。

到家以后,大锅里的水早开了,和灶膛里的柴火吱喳唱和。搬把小凳站在灶前,抓了把洗好的念青投入滚水,锅铲翻来覆去地铲,水热切地由浅变深,从朦胧的立春走向了明亮的春分,渐渐地,念青也糊了。

不急着用,等凉透,把念青往大盆里的糯米粉中一倒,揉、搓、摘,浅青色粉团有序排开,一个个相互挨挤,像争先恐后的春物啊!大人早备好了馅儿——咸菜笋丝、萝卜丝炒肉、豆沙、芝麻猪油……甜咸搭配;啥样的都能包,饼、团、饺子……五花八门;做啥样的?慌了神,索性什么都做一点,肥头大耳的猪脑袋、灵巧可爱的小兔、大气的福字、细巧的树叶……什么样式的都有。

柴火旺着,青食隔水放上,添满柴火后,喂个猪的时间就能吃了。屋外春寒料峭,屋内热气腾腾,眼前绿得油亮,手中糯软滚烫,咬一口刚出锅的青食,皮薄馅儿多,呼噜下肚,暖意从肚脐眼底下蹿上来,寒意顿消,人和笑容都更自在、得意了,这是春的厚爱。

青食的做法还有很多。把面团摊开压平,再切成正方形,在油锅里正反面搁到表面微黑,加点糖,入口油汪汪的,外焦里嫩。也有在青团外滚上糯米,蒸完后米粒白胖,深绿色外裹层白,格外诱人。还有的在青团外滚上松花,黄绿色的青团软得像姑娘的脸,让人想起含苞的迎春、将开未开的油菜花和满山的杜鹃——充满生命力。

一种叫马节节的小野菜也可做青食。母亲说念青过了清明就发苦，所以人们才用马节节代替念青。我不信，藏了几把念青回家，胡乱做了几个吃，不苦——清明后的念青老些罢了。

农人在清明前爱吃青食，他们也习惯把这份虔诚献给另一个世界的亲人。

母亲并不真信佛，她对佛的虔诚只围绕着生活的顺直和对子女的厚望。以前生活在农村时，每年做清明羹饭，桌上七八碗里总有青食，那必是田里供给的，也必是母亲亲手做的。

进城后，母亲挑不到念青，买了街边摊头的，锅里一热摆在祭桌上，倒酒点香跪下，念叨的还是世俗却美好的愿望。再后来，母亲老了，鲜少看到她摆开一桌请祖上吃喝。每次拜祭完，母亲都把青食塞在我手里："拿去吃，长辈吃过的有福气。"

分不清前后鼻音时，以为念青就是念"亲"。现在知道，念"青"是春回大地柳绿花红，是天地人间的欣欣向荣，是无畏的力量和勇气。念"亲"是亲情的亲、亲爱的亲。轻轻地，一起默念"念青""念亲"，愿春日常驻，愿亲人能听到，愿他们温暖慈爱的笑容一如既往。

年年念青，年年念亲。

阿　波

　　阿波比我大两岁，在家里是老大，下面有一个妹妹和一个弟弟。计划生育政策刚开始实施时，她母亲东躲西藏，愣是生出个弟弟来。当时大人们说起时总一脸神秘，带着隐约的戏谑，悄悄传着今天阿波娘躲在哪里，明天阿波娘又躲到哪里。小孩们也喜欢支起耳朵偷听阿波娘的行踪，但从大人们的神情中，大概知道事情的严重性，自动封住嘴，避着村里计生干部的孩子。一来二去，村里小伙伴自动划分成两派——阿波家一派的，计生干部子女一派的。

　　弟弟阿三出生，罚款当然免不了，这给阿波家本就披霜盖雪的生活又加了股冷气。

　　阿波家在村中心，两间小屋坐北朝南，一间做卧房一间做堂屋。迈出堂屋，过条小路，对面又是两间小屋，坐南朝北，最北的一间是灶间，土灶老墙，黑漆漆的，一眼望不到底。阿波家烧柴火饭，烟窝在板凳大的石窗里，嘤嘤嗡嗡散不去。和满屋的烟缩在一起的，还有阿波父亲。

阿波父亲有两个兄弟，他是老大，长脸、高鼻，眼睛深黑。阿波的相貌遗传了她父亲，只有脸上的雀斑来自她母亲，整体秀气大方，农村里这样漂亮的女孩少见。阿波的父亲如一个影子，平日里懒得出现，只在阿波母亲的破口大骂和灶间黑压压的烟火中，用怯怯的眼神打量着这世界。

就这么窘迫，每次我被上班的母亲锁在门外，午饭就没着落，阿波家门口的门槛上，一定有我。我也不讨，就横坐着，眼睛远远越过阿波家的屋顶，望向更远的山和云，看起来完全不屑眼前的这口饭——典型的"强讨饭"。早饭是汤汤水水，临近中午，肚子咕噜噜响。

阿波家吃饭桌上永远只有四个人，阿波妈及阿波兄妹三个，团团围着小圆桌，扒拉着碗中的饭菜——油拌臭咸菜、浇油臭冬瓜、小青菜毛豆子酱油汤，筷子和蓝花瓷碗叮叮当当响，我咽了下口水，依旧目不斜视。

阿波看看母亲又看看我，在母亲的白眼中低头扒拉着饭，一口一口没精打采地咽，泪水含在眼眶里，千万种不情愿，再吃一粒饭眼泪就要掉下来。阿波娘骂骂咧咧起身，从自己碗里扒出来半碗饭，又从桌上拿汤碗给我舀了点汤，嘟囔着把饭碗塞到我手中："也不知道你妈怎么想的，噶[1]狠心，大中午的把你锁出门……"

离开家乡到外乡读书前，我没少在阿波家蹭饭，蹭完饭无

---

[1] 宁波慈城方言，这么的意思。

处可去，就在阿波家赖着，让阿波给我捉虱子、梳头发，从没主动讨过也从不说谢谢。

阿波父亲过世早，一生精明算计，咬紧牙关撑着这个家的都靠她那矮胖的、一脸麻子的娘。阿波娘罗圈腿，农村人叫"凹脚"，走路摇晃，嗓门儿大得八间门面外都能听见，为了一针一线，也和村里人劈头盖脸地吵过，村里人现在说起来，还一脸不屑。

可阿波和阿波娘，我会一辈子记得。

墙头有草

人们对"墙头草"颇有微词——做人,不能学墙头草,凡事唯唯诺诺,没有立场。

农家都有院子,院墙用砖石打至一人半高,一般裸着,考究的刷水泥、上石灰,院门朝南,门里种花饲草养鸡喂狗,人进出劳作说笑,院墙四方,隔开了人们的生活和故事,也护住了家人的和美与团圆。

院墙哪里都好,就是瞧不上墙头上的几棵"草"。

鸟儿们热衷在墙头上种草。农村多的是麻雀,"花脸雀"居多——小个儿圆头、大肚子、毛色含糊、爪子尖细小、眼睛贼亮。得空,落在墙头上踱着小步得意扬扬。它们在砖石缝里啄理羽毛,挑拣谷粒,日子久了,菜种、花果、草籽,窥探着发芽,借着尘土、天水和鸟粪,悄悄努力,没几天就长成了"参天大树"。人一抬头,墙头上有几处七零八落的绿,衬着或蓝或

111

灰的天,在辽远广阔的空中摇曳……

嘿,自由生长的墙头草。

村人也爱在墙头上种"草"。瓦片、脸盆、碗盏……都是破的,但因做了花盆,莫名有了"郑重其事"的严肃。丢块仙人掌、撒几粒种、埋块葱头……此间就能草绿花红。仙人掌长得最得劲儿,仗着脸上长了堆小刺,伸着扁圆的小脸,像接力赛似的一棒又一棒,向上向前,永不停歇。以为它们一本正经,错。逮着机会,阳光正好、雨水充沛、心情愉悦,它们便开出晶莹柔嫩的花来,怯生生举着粉拳,弱不禁风。葱蒜商量好了,铁了心要和田里的比,在主人面前显出"墙头草"的优势,红烧土豆要截葱,年糕弄把蒜来,猪油拌饭撒把葱花……主人待见,进出都瞅几眼,葱蒜便更敲锣打鼓地长了,欢天喜地地绿了,"春风吹又生"地葱茏繁盛了。

嘿,活得风生水起的墙头草。

外婆八十高龄,膝下有三个子女,独居老屋,头发梳得看得见梳子纹路,衣服穿得几米远地方就能闻见太阳和肥皂混合的味道,屋里打扫得"发白",生活于她,是幅图画。乡下妇人爱聚众闲聊,你长我短,难免发生口角。外婆远远听着却从不参与。相比村里的老人,她身上多了份柔软和暖意。大家奇怪,丈夫早逝、子女众多、生活贫困、农事繁杂、一生困苦的外婆,怎么少了该有的怨气和戾气。外婆笑:"我是'墙头草',这边好好好,那边行行行,有什么过不去的呢,管它西风北风,只要抓住脚下的土,老实勤恳就好。"

外婆家的墙头上常年种着三盆太阳花，一盆金黄，一盆五色，一盆重瓣，太阳开它们也开，太阳下山它们就睡觉。过几条机耕路，绕过几座黑灰的老屋，透过阳光下透亮的尘土，一眼就能瞥见墙头上的灿烂。那笑颜，如外婆镶嵌温暖的皱纹，充满爱意和包容。外婆说自己是"墙头草"，这样的墙头草和别人说的好像有些不一样。

嘿，内容丰富的墙头草。

奇怪，为什么要种墙头草，是为了防盗？也就一人半高的墙头，有心的一翻就过，哪是墙头草能阻挡的。乡下人不锁院门，出远门也只用插销懒懒插住，松松垮垮漫不经心。觊觎院里树上果子的顽童，不等果子熟，先在墙外垫着石头踮起脚，伸着竹竿够，近的够完了再翻墙入内大快朵颐，墙头草防的是谁呢？不管它是否能防盗，都没理由担起世俗，给予它恶名。北风来了往南，西风来了往东，说它没立场，是否想过它抓住浅薄的墙头土，在艰难中生存，却从没颓废倒下，有什么理由苛责呢？

现在的农村，小平房成了别墅，墙头高大神气，刷漆装瓦绘彩，墙头再也容不下草。鸟飞得惊慌失措，风匆忙路过，人们的心神被小汽车载着，奔向寸土寸金的城市，奔向装模作样的大棚……当他们看到老屋墙头时，想到那一丛丛墙头草，心中会不会有浓浓的羡慕和微微的遗憾？

但终究没有墙头草了，那些野蛮生长的墙头草啊……

清明螺清明鹅

螺和鹅能被写在一起,得感谢清明。

清明,慎终追远,吃寒食是习俗之一。南方此时气温冷暖交替,若胃里只有寒凉的食物,非常不舒服。幸亏春来了,冬的萧瑟被劝退,体内的热情活跃起来,热腾腾才是清明该有的样子。

清明螺和清明鹅是人们祭奠祖先、享受生活最好的方式。

小时候,村里多数人家都养鹅,少的一两只,关进院子,揪几把草,鹅们活得有滋有味。多的成群结队,出来时白茫茫一片,左摇右摆引吭高歌,神气十足。农村家畜多,习惯了鸡飞狗跳,小孩们也上蹿下跳的。运气差时,和鹅狭路相逢,这就有好戏看了。

路窄,只容推车和一个人交错而过。鹅是路上的主角,扭着大屁股啸叫着,扬起一路尘土,橘红大嘴嘎嘎张着,宣告路和土的主权。鹅主人拖着鞋,叼根烟,手里的乌筱丝对半空装模作样甩几下,口中一声声:"去 —— 去 —— 偶去 ——"大白鹅听惯了,眼都不眨,依旧横在村路上,摆出老爷般的姿态来。小孩儿最怕独自上路时,碰到一群不讲理的鹅。

我出去打酱油，回来时碰到一群趾高气扬的鹅，头皮发麻，双腿打战，正想走回头路，不想身后顶着死对头隔壁阿三。他对我"村中一霸"的地位觊觎已久，巴不得我出丑。

我硬起头皮高举酱油瓶迎鹅走去，似壮士般悲壮。鹅群见惯了我的熊样，奇怪于今日的反常，侧头拧脖警告了几声，见我不动，领头的那只一伸脖颈，对天空大叫一声，右脚一蹬左脚发力，撑开大白翅膀，滑着朝我扑来，翅膀遮天蔽日，扬卷起漫天的尘土，叫声惊天动地。其他大鹅们不甘示弱，杂乱地叫着随势扑来……

赶鹅的伯伯慌了，乌筱丝没能赶上鹅们的脚步，眨眼间鹅群包围了我，啄裤腿的，拱后背的，嚣叫助威的……我一屁股坐在地上大哭，酱油瓶碎了，酱油洒了一地，地上乌黑一片……

失去"村中一霸"的称号不说，还被阿三嘲笑，从此我"怀恨在心"。鹅是隔壁家的，我大哭着要公道："杀了那只鹅，拔了它的毛，吃了它的肉！"没人应，我闹了半天，父亲才应付着说了句："杀鹅等清明。"

清明和鹅有什么关系？

后来才明白，清明前，春回大地、万物复苏、溪水汩汩，地搁了一冬，储足了力，长出的草最肥美。大鹅们闲散，放养在还没农作物的田间，一天到晚闲庭信步、心情愉悦，吃的都是天地间最有生气的青草，此时鹅肉最为鲜美。往后，虽然我对每只鹅都心有余悸，但要吃鹅肉，也尽量挑清明前后的。

清明前后的鹅肉厚、肥、嫩，白切蘸酱油吃，味道也是极好的。可民间有俗语:"清明螺,赛过鹅。"河里的螺蛳会比清明鹅还好吃?

　　江南多河,河里多鲜——蚌、鲫鱼、虾……螺蛳最常见,螺旋状,青黑色,一摸一把,一把一碗,一碗一餐,一餐能美上一天。

　　今天家里没荤菜,河边走一趟去摸螺蛳,酱爆、咸菜汁卤、葱油爆炒、娃娃菜放汤——做法多样,难不倒村里人。田间劳作后,沾了身烂泥到河埠头坐下,腿脚在水里晃晃,俯身伸手往石块上一抹或石缝里掏掏,大的放裤兜,小的丢河里再养着,默契地遵守着自然规定。

　　除去寒冷的冬日,常看到叔伯们挽了裤管下河,边聊天边摸螺蛳,太阳还没下山就摸了满满一篮,挑一些晚上吃,另一些养着,等第二天早上去城里卖,妥定能挣上几包烟钱。特别是清明前后。

　　四季更替,人向自然索取得多,渐渐也学会了休养生息,一个给得自然贴切,一个接得心满意足,这般日子,别无他求。

　　清明时节雨,路上行人魂。哀伤不是清明的主旋律。清明在春天里,鲜亮活泼,本就该过得生动有趣,不然,为什么要欲问酒家,牧童遥指呢?老百姓过日子,还得凭借自然的馈赠,一日日敲着锅碗瓢盆过下去。

　　老话说"螺蛳壳里做道场",形容做事的地方不大。可我又听说,清明螺,赛过鹅。螺蛳壳最大不过成人拇指盖那么大,怎么可能赛过鹅呢?

　　因此,对螺蛳、对鹅、对清明更好奇了。

小镇、三轮车和我

  小镇公交站旁有一排三轮车，每次回去都想叫上一辆，让它带我回到小时候住过的老屋。可惜，母亲已搬到了小镇路口，走几步就到了，如果不是有急事，少有机会乘三轮车。

  三轮车分电动和人力两种类型，我喜欢选人力三轮车坐。一下公交车，车夫们拥上来，熟悉我的笃定坐在坐垫上，越过人群，笑眯眯地看过来。走到面前，不讨价还价，三四元钱，七八分钟工夫就到家门口。车夫也乐得和说我闲话，讲什么已忘光了，而车夫淳朴的笑脸、头发飞扬的后脑勺和橡皮筋牢牢扎着的裤脚，深深留在我的脑海。

  记得男友家也在小镇的同一条街上，两人经常一起走回去，路上磨磨蹭蹭，能走出花花草草来。阳光下，街路的喧嚣被我们置身事外，樟树花的香氤氲在年轻的心胸中，清新悠远。三轮车夫要做生意，问了几次后便不再上前，笑眯眯看我们牵着手走远。一次和男友吵架，气鼓鼓拦了辆三轮车，想逃走，想不到车夫故意慢吞吞地东张西望，非得等到那个四处乱

找的男孩子寻来,才驮我们上路。

如今,父亲喜欢带我乘三轮车。每次回家,抢着和女儿在一起的总是父亲。"囡,阿爸带你去街上吃早饭好伐?""囡,和爸爸一起去街上买菜,挑你爱吃的。""乖,和爸上街,爸给你买水果。"不答应他,他的殷切关怀排山倒海般涌来。应应他,他一个电话:"三轮车,老冯家来一趟。"和这个年纪所有的父母一样,子女来了只在家吃饭是不够盛情的,上街购物吃东西才是最好的款待。所以熟人常能在小镇街上看到一个微胖的老头牵着他女儿的手,摸着滚圆的肚子,心满意足。

父亲摇手招呼不远处的三轮车:"来——"只一个"来"字,车夫便七拐八弯穿过熙攘的人群,"吱——"的一声停在跟前。七十多岁的老父亲抓着我的那只手一用力,先扶我上车,然后顺势坐到我身旁。

我试过对他说"爸,走去吧,能消食""太贵了不划算""爸,我不累,能走的"……但什么都不足以说服这个笑得花儿样的老头,女儿是他的宝,他想给她最好的。

市井喧嚣中,父亲向前微探出身子,不时点头并大声向街坊邻居打招呼,像巡街的英雄。车夫骑得慢,这边顿一下,那边旁顾一会儿,极力配合着父亲。樟树在头顶互相握手,繁茂的枝叶和老父温暖的掌心一起,帮我挡住冬日的寒风。

如今,距父亲去世已两年,无数个被梦揪住的夜里,我也学会了大声地遥遥地招手:"来,三轮车来,驮我和爸一程,我们回家……"

又回小镇，看到一个三轮车夫，他是我的初中同学，彼时高个儿、沙发、红唇、大眼，因聪明深得老师喜爱。我和同学们揣测，他将来肯定会和"公主"校花幸福地生活在一起。此时他背对着我靠在三轮车旁，和车夫们说着如何挣钱，头发鸡窝草般纠结在一起，裤脚被橡皮筋紧扎着，仿佛二十世纪三十年代的车夫形象。他没回头，我心中慌乱，不敢正眼瞧他。听说，他遭受了诸多不堪，伤了眼睛，不知有无婚娶……能否温饱……

还是在记忆中封存唇红齿白的少年和满脸沟壑但始终慈祥温暖的老父吧。人生实苦且无法逃避，寻求离苦得乐的智慧才是正道，如三轮车夫，有风就绑紧裤脚，有雨就装上顶棚，永远把风留在身后，昂首向前，对困苦保持恰如其分的热情，日子才会明亮。

晒 冬

毫无疑问,晒冬肯定在冬天。

太阳要很好,白晃晃里透点金的那种,照得灰水牛胖猪仔大黄狗个个比平日胖了,自带喜气。年前那些洗洗刷刷带来的忙碌和喜气溢了出来,同天底下所有的阳光一起,泻在冬的清冽中。

对太阳,乡人近乎虔诚,他们笃信,太阳一出,什么都能拿出来晒——将臭未臭的鱼、杀好的鸡、过年吃的瓜子、潮掉的饼干,就连鸡狗也爱晒,它们商量好了,找个背风地,团着睡下,任阳光钻进毛发,驮一身蓬松和热气,天大的事都惊不到它们。

冬日,妇人小孩最爱晒被子。被子里的棉花严严实实的,几个年头睡下来了,纷纷老去,盖在身上实沉。多下几天雨,空气中的潮湿钻进棉被,洗了脚抱了烫水壶再钻进被窝,还觉得冷飕飕的,得哆嗦好一阵才能缓缓睡去。

当然不能放过这么好的太阳。上午八九点钟光景,霜雾散去,太阳光直接热烈,人们开始忙着晒被子了。光棍汉不讲究，把自家被子往围墙上一搭，就算完事。但妇人们往往不怕麻烦，早在清晨太阳微露出点红时，就抬出篾席在晒场上占了最有利的位置。

晒场很大，每个小孩在玩抠兵抠强盗的游戏时，都觉得四周茫茫一片，追不尽跑不完。对晒被子的妇人们来说，晒场除了大，还在于此时它已完成了秋季收晒稻谷的任务，留下一览无余的空地供村里人使用，干净空旷，篾席一摊，能让一家人的棉被好好晒一晒太阳。

新篾席散发着竹香，旧篾席还残留着今秋以及很多个年头的秋稻谷的香味，收卷时对地面一顿，顿掉细碎的草屑，而自然的香都被卷存起来，留到太阳火辣辣时，和棉被一起晒在太阳底下。

没人能忘记这样的壮观场景：偌大的晒场上，棉被们被排在大太阳底下，整齐有序，红绿蓝、大的小的、缎子或棉布被面的。有的是新婚夫妻的，龙凤呈祥绣花，金红的颜色满含着新人的浓情蜜意；有的像是老人家用了多年的，看不出是深蓝还是深灰，细碎的各色补丁像老阿娘身上的裉子，旧得舒服、破得亲切；有的是像我家这样的，大朵的花洗得发白，隔着棉袄也能感受到赤身被裹着的柔软与温暖……竖条纹被里从被棉絮的另一边翻出，抱住被面大概一个手臂长度，粗纱线一缝，像个绚烂至极的花圃，被花坛的瓦衬了一圈卷边，显出秀丽内敛的清新来。有单晒被棉絮的，光秃秃的棉花块上用斜缝的红白纱线罩住，中间还有个"囍"字或"福"字，散发着淡淡的陈年旧香。被面和被里呢？早被拆了洗了，三脚架一搁，迎着太阳和风自然舒展，令人舒心。

起先，孩子们只敢在篾席与篾席的缝隙中，故作小心地绕来绕去，母亲们伏着身用鸡毛掸掸灰尘，"啪啪"一下又一下，四周隆起淡淡的灰尘，灰尘在光里闪烁、嬉笑、舞蹈，浮沉着上上下下。孩子们便再也管不住脚了，脱了鞋踩进去，先学母亲的样子左右掸掸，再试着跑几步踩几下跳一会儿，看母亲没什么反应，索性不装了，撒开脚丫开始蹦跶。没一会儿，孩子们在各自家的被子上滚开了，活泼而矜持，只在自家的棉被上打闹，那些没晒棉被的孩子，只能干待着羡慕……

下午一两点，是一天中最美好的时光。早上洗出的被面和被里各自领回，妇人们三五成群团坐在篾席上，手执一根寸把长的缝被针，双股纱线粗长。她们一手拿针一手扯被棉絮，一针针缝着，嘴里叽叽喳喳，不停说着村人的家长里短，不时爆发阵阵笑声，泼辣张扬。偶有孩子玩得疯，妇女们便轻骂几声："玩得太疯了，夜头（晚上）又要砸（拉）出屎，侬阿娘被头白白晒嘞。"

孩子们不管，停不下来，有时实在玩累了，四仰八叉躺下来，偎着母亲，枕着晒过太阳的棉被，没多少工夫就睡着了。许是梦中还在玩，被追得无处躲，发出"咿唔咿唔"的声音，揉皱了垫着的被子，揉碎了一地的阳光，被母亲笑骂着拍几下屁股后，又沉沉睡去。

不用担心睡过头，三四点钟太阳光凉淡时，父亲一边，母亲一边，各牵起被头的两只角，把孩子兜在中间。他们像是走亲戚，迎着阳光说着笑话，提着个"大包裹"，回家往床上一放，只等吃夜饭时，才把裹在棉被中、裹在太阳里的那个小孩子叫醒。孩子们喜欢这样自然地睡在大太阳底下，和穿村而过的小河、散乱零落的小山、三五成群的瓦房……一起做阳光的宠儿。

多年后再想起，脑中有无数只喜鹊停落，站在树上此起彼伏地叫，热闹喜气。整个小村，像是一张被盛情推荐的年画，用了各种热烈的色彩，喜笑颜开地被冬日的太阳安抚，和那绿水青山、鸡鸣狗叫一起，不急不躁地听着冬至的脚步，等着过年的欢喜，迎着春的蓬勃……

晒冬

善良的自行车

转眼,路上已难见自行车了,公共自行车还在街巷角落倔强地守着最后的阵地,同样是"共享",人们更愿"嘀"一下电动车,快速又省力。

二十世纪七十年代末,路上自行车少见,人们走街串巷走亲访友,多靠"11路"。父母分居两地,隔着三四十里。父亲有辆自行车,一周回来一次。有一年秋,天忽然冷了,母亲担心父亲手笨,不会缝被子。家里没自行车,母亲也不会骑,又舍不得花几角钱乘公交车,于是起个大早,带着针线被子,埋头走三四十里到父亲宿舍,给父亲缝好了被子。父亲心疼,又担心她节省,再走远路回家,索性请假,用自行车驮母亲回家。一路上,这对骑车的年轻夫妻,男的弓背低头骑车,女的紧紧抱着丈夫的腰。两人每每说起,生活的艰辛在自行车的努力下,变成了幸福和甜美的回忆。"到家,累得话都说不出,望着床上的薄被傻了。"原来母亲只记挂着父亲的冷暖,忘了给家里的床换被子了。

那时嫁女儿，嫁妆中的三大件之一是自行车，那时的自行车不仅是爱情的象征，还是行走的家。

过年过节走亲戚，自行车派上了大用场。坐垫上居高蹬车的是父亲，前面三角档上坐着的是老大，后车架上坐着母亲，一手抓着父亲的腰，一手抱住家里的老幺。车龙头上，左右各挂着包裹和蛋糕，晃晃荡荡，一路有惊无险。看到熟人迎面，远远的招呼声在山野田垄间回荡，惊起电线上木头木脑的鸟儿。前面有熟人，猛蹬几步赶上，几家人说说笑笑，孩子伸手佯装打闹，自行车就摇晃了。幸好路上只有自行车，横冲直撞也无妨。家里有三个孩子的，自行车龙头堪当重任，小的端坐在车龙头横档上，身子被父亲的双臂夹住，稳妥神气。老幺晃荡着双腿，像船头的船长，抬起下颚遥看前方，自行车上满载着一家人的幸福。

二十世纪八十年代是自行车最风光的十年。那十年，我住在一个国营大厂的对门，大厂宏伟倨傲，一到中午饭点，几百平方米的两层食堂大楼周围，除了嗡嗡的人声，就是叮叮当当敲饭盒声，声音此起彼伏络绎不绝——得有多少工人啊！我喜欢在放学后扒住窗口，等厂里的下班铃响，厂车载着满满当当的工人大摇大摆晃出来，接着密密麻麻的自行车群一股脑儿涌出。大家各行其道，每辆车每个人占着一条细细的道。骑车的牢牢握住自行车把手，不慌不忙。阳光透过路两旁樟树的叶隙，慵懒地散落在工人脸上。大家笑容满面，后车架上有的坐着家属，有的绑着中午打包的饭菜，有的私带了厂里的废旧材料……待车群涌到跟前,我就只能看到飞转的自行车轮胎了。轮胎上细细的钢丝银光闪闪,像大路上铺满了银子,银色的自行车和工人们银铃般的笑,伴着暖阳清风一路向前。

那时的自行车是活泼的,会笑的,充满生活的喜悦。

在二十世纪九十年代外出,自行车成了俗常。十年中,我拥有过几辆自行车。有的载着我在家和学校之间的奔波,有的满含我对爱情最初的希望,有的承放了驮儿子去医院的不安……它们在风雨中等过我,在负重时不曾低过头,在我即将跌倒时给予强有力的支撑,在我幸福甜蜜时默默守候在一旁……

如今,在家里换了一辆又一辆的轿车后,我又拥有了辆自行车,女式,玫红色。先生拆了它的后车架,免得我总买大包小包带回家。刮风下雨天先生来接送,就把它忘在单位了。我从不给它上锁,懒散地放在楼道里,同一个单元的,看到它在那里无所事事,若要出去,打声招呼,顺脚骑走便是。

一辈子,都善良奉献的自行车。

外婆的姓氏

外婆就叫外婆。

外婆八十大寿那年,我刚怀孕。五月的阳光下,她很高兴,看着舅舅家新楼院子里,小辈们围在一起说笑。不明情况的阿姨打我屁股,外婆急得跳起来:"别打,我要养重孙哩。"我的婚姻只有外婆一人支持,她就盼着我能幸福。

我是外婆养大的。

母亲说,她月子里奶水不足,家里又穷,我四个月大时瘦得像只红皮鼠,是外婆煲粥,一口一口把我喂大的。我不爱吃,常把外婆糊上的粥衣吐掉。外婆不嫌,一遍遍把家里仅有的粮食糊进我嘴里,巴望着我能吃点。

我是外婆养大的。

村小放学早,太阳还在山尖吊着,我便跑到外婆家。青砖黑瓦没在群群水杉中。刚到村口我便喊:"外婆——我来啦!"声音七扭八弯拐过小巷,转过老屋,钻进外婆耳中。外婆放下书,踮着小脚,眯着老花眼,从吱呀作响的老屋里迎出来:"囡,

来啦,晚上给外婆焐脚好伐?"

"好,当然好!"我满口答应,外婆家有随我吃的零食,饭桌席罩里有家中吃不到的菜,大床板上有一摞摞随我翻看的书。

"那好,叫你舅去给你妈送个信。宝林——"外婆急急叫着舅的名字,要他放下手中的事,去趟五六里地外的姐姐家。

半夜,我总会在外婆忽高忽低的鼾声中醒来,竖起耳朵听

着外婆有时会突然中断的鼾声。外婆有高血压,高血压是什么?像奶奶一样,会突然在半夜死去吗?我害怕,摇醒外婆哭开了:"我要回家……"

外婆没办法,只能让舅舅送我回家,哪怕在积雪没膝的半夜。但这并不妨碍我再去并应承下晚上就住外婆家的"谎言",她还是乐颠颠地嘱咐不情愿的舅舅去我家报信。

我是外婆养大的。

外婆家有许多书——《山海经》《白蛇传》《水浒传》《红楼梦》……外婆从不催我看书,也很少讲故事给我听,只卷着本书,背对窗户,坐在老竹椅上读。竹椅靠背很高,阳光射进来,椅背上的竹条影子就会倒映在书上。看到外婆凑得近,似乎偷摸着在啃什么好吃的,我问:"外婆,你在吃什么?"

"我在吃好吃的。"外婆不抬头,笑眯眯地指着书回答。

"有多好吃?"

"你自己'吃吃看'就知道啦。"外婆丢给我一本书,起先是图画多字少的书,后来就变成字多图画少的书了。在无数个鸡鸣晓月中,在无数农人背着锄头经过时,在无数个村里孩子野在山间时,总能看到一老一少相互依偎着,拿本书啃着。

我是外婆养大的。

十五六岁时,我们举家迁到镇上,我常写信给外婆,也眼巴巴等她的回信。我以为外婆看了这么多书,该会回信。外婆写得一手好字,我曾看到过她抄的《心经》小楷,密密麻麻的字,个个毕恭毕敬,大家闺秀般的温婉秀气。可外婆从没给我回过一封信,只在我偷偷跑去看她的节假日里,摸着我的头轻轻叹息:"你得记得,事,要自己扛着过来,别人的安慰只是隔靴搔痒。"

后来,无论生活如何,只要一迈出老屋的门槛,我就会挺直脊背,因为外婆教给过我,如何面对人生的雨雪风霜。

我是外婆养大的,可我从不知她姓甚名啥。母亲叫她"姆妈,我忙,你去我家喂下猪""姆妈,今晚替我管家"……乡人们叫她"瑞和嫂,去收谷啦""你去洗衣服啊,瑞和嫂""瑞和嫂,你帮我们够多啦"……瑞和是外公的名字。舅舅的朋友、同学叫她"宝林姆妈,你做的青饼最好吃""宝林姆妈,你给宝林做的那件衣服真好看""宝林姆妈,宝林成绩怎么那么好啊"……

对外婆来讲,她一生没有明确的名和姓,她的身份随人物和地点的变化而变化,有时含辛茹苦,有时深明大义,有时贤淑委婉……于我而言,外婆没有姓氏,外婆只是我的外婆。

昨夜浅梦,看到外婆就在我面前。老人家去世的二十几年里,我常梦见她,在生病时、家庭变故中、对生活感到气馁时……她都会在,扶我一把,说我几句,留给我满屋的笑……外婆只是外婆,她应该有过姓氏,高山长河清风明月说是,老屋日光岁月可知。又或许,她这辈子,从没有姓氏……

乡下的狗

相比猫的叛逆和决绝,狗显然是温顺和忠诚的。

乡下人家院里闹腾,鸡、鸭、鹅、猪、牛、羊是常客,水缸里还养鱼养河蚌。来人进院,鼻子里一股骚味,脚底下黏糊糊,还得不时拎脚警告佯装要扑上来的狗,乡下的狗负责看家而不供人玩赏。

难以确定狗的品种和出处,大多毛色是土黄或黑灰,也有出生时是白的,长一长就变成灰色。发情时,公狗找来,旁若无人。过段时间,母狗窝着不动了,没几天,嘤嘤叫着的小眼睛闪了,肥嘟嘟、憨乎乎的。左邻右舍都来,这家要,那家也要。

乡下狗"贱",人们不会花钱用心思去买去记得。有小偷光顾时,才会想到狗。外出,身后跟只狗,小心翼翼抬头盯着,啧啧唤着再弄个破碗装些剩饭,它便低眉敛目住下了,兢兢业业守家。跟来狗不能赶,在乡下人眼中,是财气和福气。

乡下狗很会察言观色,它们注视熟人和看生人的目光不同。若是熟人,眼里满是温顺。若是生人,叫几声,打量一番,看你只是经过,便忙自己的去了。主人出远门回来,狗尾巴摇得啪啪响,连屁股也跟着晃,仿佛要和肚皮脱节似的。若是生人进家,尾巴高翘夹紧,誓要捍卫地盘。一看入侵者走了,赶紧抬起腿撒泡尿以示权威。若发现乡下狗低头垂眼夹着尾巴,不要同情,是因被主人打骂而难过呢,只有主人才能化解它们心中的委屈。它不可能离家出走,俗话说,打煞(死)猫不离灶,打煞(死)狗不离家。城里狗走丢了登报贴告示,乡下狗天一黑保准回家,摇头摆尾没事狗一只。乡下的狗是不敢有脾气的。主人晚归,还在百来米外,狗就起身,步子轻佻,扑上来摇头摆尾,拿湿漉漉的鼻子在你脚边拱来拱去,早忘了先前的打骂。

乡下的狗爱跟人。小孩上学跟着,把孩子送进校门后站一会儿,才悠哉悠哉踱回家。主人下田它也去,安静地伏着,闲了就扑腾几下,累了就蜷着打呼噜。听到主人和旁人闲聊,声音忽地高起来,它分不清是说笑还是争执,叫上几声。主人呼喝声"笨狗",它便默不作声继续睡了。有时它也掺和邻里间的事,在一旁侧头听,不知被什么打动,咧嘴哈舌笑了。

乡下狗和大山一样安心。

农忙时节,田埂便是狗的窝。天有多热,狗的心就有多热,从蒙蒙亮的凌晨到擦擦黑[1]蚊虫肆虐的夜,乡下狗一直守着乡下的田和乡下的人,还有无穷尽的乡下的夜。有时它也会站

---

[1] 宁波慈城方言,很黑的意思。

起来,随穿开裆裤的回家,脖上挂只竹篮再来,篮里是乡下人的餐饭。大家坐下吃时丢块冷饭给它,它便在田埂间乐半天。

乐什么?是冷饭,还是守住了乡下人?这田这天也成了这乡下的狗要用一辈子守着的地方。

冬日晚,狗和主人最亲,猪牛早睡了,狗窝在脚边,丢件破棉袄给它,它便团在棉絮中枕着主人的棉鞋睡下。瓦罐正煮粥,咕嘟咕嘟响,火光映在狗身上、孩子的脸上、女人纳着的鞋底上、老人花白的头发上,夹在乡下人的皱纹里,温暖了隆冬。

终于有一天,狗老了。看着老眼昏花、行动迟缓的老狗,主人心中复杂。男人看着孩子和女人的愁容,皱皱眉头:"阿三家又生了一窝,明天去抱一只。"

在乡下,人和狗相互看守,谁也少不了谁。

第二天,一只毛茸茸的小狗团在破棉絮中,呜呜叫着,到处嗅着,踩得那只丢剩饭剩菜的破碗一阵晃悠,小狗还是叫阿黄。

乡下人和乡下日子总需要一只狗,彼此活着都很辛苦,那么就相互搭伙做伴吧⋯⋯乡下的狗,让我想起了那喧闹而安静、艰苦而单纯的乡下人和乡下的生活。

乡下落雨时

秋的深夜,开始下雨了。漫不经心的雨滴打在遮阳棚上,滴滴答答,断断续续,雨的寂寞中透着隔世的清冷,如擅文的人拈着淡淡的愁和浅浅的喜,写了篇清俊的文,不长篇累牍也不声嘶力竭,字和词都轻柔,如夜雨下的路灯,只包容不问询,默契地保持温和的一致,一圈圈晕开,晕在路上水洼间、湖面上,也晕在晚归人的额头,晕开愁绪,抚平人内心的暗色。

农村的雨和城里的雨不一样,长大后的雨又和小时候的雨不同。

幼时的雨,比现在的更直接爽朗。

大雨滂沱,打在黑瓦上,行动干脆,高兴了便一股脑儿涌入,水花硕大。每家的屋顶上蒙一层淡淡的雾霭,雾霭随风随雨势,从这家飘向那家,过桥钻巷穿村,笼住小山头,俯身看大雨中的村落,一脸慈爱。

若雨像松针,村落就有了层薄薄的愁。此时,鸡和狗闲了下来,猫比平日平和,踱着方步走来走去。屋檐瓦楞的角落攒着细雨的巧劲，亮晶晶一大颗。小孩盯着头顶越来越长的"珠子"，钻进钻出挑衅人。雨珠憋住了气，忍住不掉，气得孩子跺脚吹气，直听到雨滴"突"地落到青石板上发出脆响，这样的来回能玩许久。

干脆什么也不做，抬头张嘴伸舌头，专等一滴沉不住气的雨，谁让那雨是甜丝丝的呢？屋檐角落有口大缸，腆着肚子专接雨水，平时上面盖着竹盖防尘，烧饭煮菜时舀一桶。母亲说那是天水，要省着用。羡慕养在缸里的河鲫鱼，鼓鼓的肚皮盛了多少甜津津的天水啊。

最喜梅雨，从日到夜不停下，湿漉漉潮乎乎，冷有冷的下法，热有热的模样。以为雨停了，村口一个来回，头发就变成一缕缕湿的了，梅雨有心事，比谁都细密。这样的雨夜，睡觉最好——村庄睡了，温软的烛光下，母亲在缝补衣物。狗睡得迷糊，大概梦见了肉骨头，哑巴声香甜，翻个身又睡着了。父亲在修补家里的物什，嘴里嘀咕："等出梅晴几天，瓦片翻一翻，再下雨就不漏了。"母亲嗔笑："梅雨前你又不是没翻过。"

我见过父亲上房翻瓦，竹梯架在屋檐上，父亲穿着跑鞋，弓背趴在屋脊左右，不时扔下些野草青苔。一堆新瓦做替补，新的插进后丢下块碎的，哗啦啦落到石板上，声音响脆。父亲每年都翻瓦，翻过之后，屋里的雨声会小些，过段时间又逐渐大起来——滴滴答答，叮叮咚咚，我们知道是在家里，听着雨声便也心安，伴着它入梦……

无论在什么季节，只要是下雨了，农人把斗笠一搁，闲闲地说："落雨就不下田了。"大家都歇了，锄头靠在灰墙上，箩筐

乡下落雨时

成双成对依偎着,扁担挺直了腰身想歇口气。鸡窝在草垛里,母鸡们偶尔半蹲着抖抖身,抖落一身细碎的雨珠和茫茫的热气。屋角房梁处有几处是漏的,水从中逃出,把地面砸出几个玻璃弹珠大小的洞眼。于是每逢大雨父母便在下面摆上盛水物什——木盆、搪瓷盆、汤碗、铅桶……雨下雨的,屋漏屋的。好不容易闲下来,用大灶烤土豆吃,把土豆放被窝里搂着睡一觉,简单热络。有些下雨天,人们束着手在屋檐下说笑聊天,小孩蹿进蹿出,在雨里淋来淋去,必招来大人一顿骂,没过一会儿,又嘻嘻哈哈在雨里闹了。木窗里麻将牌哗啦啦地摸,偶尔传来一两声孩童的哭闹声,大人们也不管,和家里的犬吠一样,叫着叫着就没声了,叫着叫着就笑了……雨天,家里有余粮、柴火、热饭,鸡狗和一家老小守着,没什么特别值得记挂的。

如今,城里的雨少了闲心。下雨,天气预报一查就能明了,老祖宗对雨刻入骨血的虔诚和念想,淡了。雨,被谁抓了命脉,几时来,来多久,大还是小。更有甚者,还知道在一个城市里,哪条街道会下雨,雨几时几分落……当然天气预报也会开小差,有时头顶忽然扯出一片云,雨任性地下了,没雨具的人在马路上东奔西跑,心想:回家得好好洗个澡。落在车上的雨一搓都是土。城里的雨,少量落在屋顶上,大量打在雨棚上,遮遮掩掩,却要承载空气里所有的怨气,少了份乡野的泼辣和率性。

所幸,家住顶楼,下雨时,能够听到雨落在屋瓦上,落在玻璃屋顶上。点一盏灯,燃香捧书,煮一壶陈年的白茶,热气袅袅,听城市的雨,也听心里故乡的落雨声……

绣花凹姉[1]

如今,绣花凹姉的面目在我记忆中已模糊,但她用缝纫机绣出的花,还鲜亮活泼地在我眼前闪烁。

很早,村里就在传,河对面的德旗凹松[2]要娶个外头新妇。要知道我们村处宁波慈城一个名不见经传的地方,村名叫"浮上桥",土话叫"和尚桥"。村如其名,很多青壮年娶新妇十分艰难,大多数婚嫁靠"内部解决",新妇大多是隔壁村的亲戚的朋友的……一听说有外地新妇到我们村,老老少少都乐开了花。

秋,天好得出奇,太阳光和稻田里的麦穗一样亮。村里变得赤红,路上撒着大红的鞭炮纸,小孩们手中抓着红糖果,大人们的脸笑得红通通的,连蹿来蹿去的狗也忙得直喘粗气。凹松的眼笑得眯成一条线,在两间簇新的堂屋里进出,分烟、敬酒……村人欢声笑语,堂屋周围围着新妇的嫁妆——被子、枕头、痰盂、马桶、热水瓶、果盆,全都红通通的,还有一台罩着

---

[1] 宁波慈城方言,婶婶的叫法。
[2] 宁波慈城方言,叔叔的叫法。

红布的缝纫机。

新妇嫁进门,应当时的潮流要置一台缝纫机。可惜,还没看到哪家的婶子能"哒哒哒"踩着补些什么。我瞧着膝盖上的两个破洞悻悻想:楼梯口等人——只听声响不见人。要缝补,还得靠针线、簸箩。管她是从哪里来的,我还得穿破的。

我对新妇的好奇,持续得比村里的小伙伴都长。结婚那天没见到外来新妇,往后常趁凹松下田,趴在窗口瞧——也没什么稀奇,比隔壁立旗凹松新妇高不了多少,长头发,不胖不瘦,方脸盘上鼻子中间几粒麻子,稍微好看一点的是眼睛,拿出把糖给我时,眼睛笑得像柳树叶,弯弯细细的。

但我最喜欢的,还是听新婶子从里屋传出来的"哒哒"声,是一连串踏缝纫机的声音,像鸟儿啄着树上的浆果声,像自行车飞一样行驶的齿轮声,像鸡下蛋后得意的叽嘎声,像杨梅熟透掉下来的波波声。我从没看到有人踏缝纫机,也从没听到有人边踏着缝纫机边唱歌,婶子的声音真好听。

我不怕难为情,渐渐从窗口挪到堂屋里再移到房门旁,抻着脖子偷眼望着房里的婶子。缝纫机放在床旁,床上被褥叠得整整齐齐。婶子背对着我,弓背趴在缝纫机上,头微侧着,手肘像我上学写字一样,摆得齐整。她的身边散落着些碎布头,光从头顶上方的窗殷勤地投进来。花布真好看,新婶子真美。

婶子回头见是我,招手叫我进去,这是我第一次进婶子房间,到处都是红红的,婶子的脸更红,她右手倒着摇了摇缝纫机转轮,又拿起剪子,往针下一伸,"咔嚓"一声,一个圆溜溜的花绷在我面前晃了晃,花绷中间绣着一只大眼睛的小狗。

"这是啥?"我揉揉眼睛,要不是我家的狗没这么小,我都以为这狗要跳下来咬我了。

"我绣的,给小孩子做肚兜。"婶子笑了,顺手摸了摸我的头又摸了摸自己的肚子。

"你会绣花?"我的注意力完全不在小狗身上。

"你把裤子脱下来,我给你补补。"婶子没有搭理我的好奇,"看你一直穿破裤。"

婶子接过破裤,找出个手掌大的花绷打开,把一个替进裤管里,另一个罩在外面,放到针下,然后偏过头来打量我一番说:"女孩儿绣什么好呢? 绣几颗杨梅吧,我是余姚人,我们那里的杨梅比你们这里的要好吃得多。"

这是婶子第一次告诉我她来自哪里,我更好奇了,七八岁孩子,不知余姚在哪里,更不知天下还有更好吃的杨梅……在我发愣时,两只裤管膝头上长了两丛杨梅,旁边衬着长绿叶,叶下隐约能见几颗半红半绿的杨梅,裤子换了个样。

原来缝纫机真的能绣花!

母亲见我常去,又绣了俩膝头的花回来,很难为情:"你晓得伐,德旗为啥老远抬个老婆,人家会踏缝纫机,一家人靠她赚钱。"贫穷逼仄的乡村生活中,一家欠一家的人情,是很难还的,母亲叮嘱我不能再去。

在婶子肚子大得像个皮球时,我忍不住又偷摸去了一次,这次,德旗凹松依旧没在家,房里乱,堆着些别人拿过来加工的布料，被子堆在床上，婶子没唱歌没梳头，依旧趴在缝纫机上。见是我，她的眼一亮，从一堆衣物下翻出一件白色的裙子，在我面前抖了抖，拎着两个领子笑嘻嘻地看看我："瞧，是什么？"

我看到了娃娃领的裙子上，左右各绣了两朵花，像吃醉了酒的女儿脸，四周有几片叶子，有的绿得像萝卜叶，有的绿得像稻谷叶子，真好看啊。见我看呆了，婶子笑出了声，她把裙子卷了卷，塞进我的裤腰头处，又拿衬衣下摆遮好，摆摆手说："走吧。"我傻愣愣地问："要钱不？"婶子埋了头，低低回了我一声："快走。"

这条绣着牡丹花的白裙是我人生的第一条裙子，我怕母亲骂，一直压在床底下，母亲掸尘时翻出来，问明来由，揍了我一顿。晚上，母亲在饭桌上说起绣花凹婶，轻轻叹气："唉，大老远嫁过来，不让回娘家也不让娘家人来，一门心思只叫人家做绣活，不知这家人想啥。"

再去找绣花凹婶时，家里已决定要搬到很远的地方去了，母亲跟我说："绣花凹婶对你这么好，跟她去告个别。"我再次踏入婶子房间，房内暗暗的，布料堆得更高了，小弟弟流着口水在缝纫机旁玩耍。婶子还是趴在缝纫机上，哒哒哒的声音，像夏天雷雨后的闷响，带着愁怨。听说我要离开，婶子的眼神暗下去，她只说："你现在一门心思想离开，以后想回都回不来了……"

从此，我再没见过绣花凹婶。

给一件衣服老去的机会

明天穿什么?

季节转换,上季衣物没机会和日子比谁更花里胡哨,有的干挂着没被穿过,有的甚至没能从衣柜中翻出。更别说穿旧穿破,用针线、时光去缝补抚摸衣服里藏着的回忆。

小时候,能上身的衣服只有几件,分工明确、服务周到——棉布衫春夏统穿,秋时一件绒衫打天下,冬天老棉袄当值。有两条裤子的算阔绰了,没厚薄之分,主要作用是"遮羞"和"看起来有裤子穿"。当然,也有过年穿的"新"衣服,它们在箱底被压得笔挺,一丝不苟地保持着过年的庄严和慎重,不肯轻易见天光。可惜过年时穿总要短一截,不过,一点也"短"不了孩子们对年和新衣的欢喜。

衣服前襟最易脏,这是为抢口吃的留下的痕迹。其实没啥可吃的,无非是酱油红烧、咸菜卤,和唾沫一起滴滴答答,在前襟呈出瀑布。比光泽看袖口,左撇子的左边磨得厉害些,专用右手的,油水就都给了右边。不单是磨脏的,鼻涕也来凑热闹,揩在袖子上增"光"添"彩"，洗衣服时，要用肥皂专门"照顾"，手搓，板刷加棒槌猛打，才稍去点脏。领口墨般黑——孩子淘气，汗多又不愿洗澡。冬里，两个月洗回澡还得开打才能应从。有时，衣服还齐整，领口却脏得破了，手巧的母亲拆掉旧领子缝个同色的，焕然一新。要缝个其他色的，光彩能照亮整个村。

两条布搭成裤，裤带一勒，拖出两根带子。只会打死结的上厕所憋得跟谁有仇似的，实在憋不住了就尿了裤子。碰上雨天得提裤脚扭捏着走，不然泥浆飞上沾裤脚，沉。干后一搓，泥点簌簌掉下，莫名有成就感。裤子膝头最快"牺牲"，常发生在飞跑、躲打、上树、爬山后。挨骂了才发现好好的裤子破了，啥时候破的？想不起。母亲从另一件老衣物上剪来补丁缝上，找到同色的算是好运气，补成花花绿绿的也不碍事，露着膝盖更不怕，又拴不住脚。

孩子疯长，为了多穿些时日，母亲把裤边一折缝上几针，长短问题就解决了。孩子放心地疯长着，没多久嫌裤子短了，再拆掉针脚放下先前的那截，新旧两色没人察觉，大家都这样。

口袋，是最要紧的。孩子们会时不时捂捂口袋中的宝贝——树果、溪石、枯叶、残花、蝉翅、蛐蛐……

常想，穿过的弄脏过的缝补过的痕迹，是不是赋予了衣物一个美丽的梦，一种活过的热情和冲动。或者，衣物也有生命，它在老去时也会感叹："嗯，那时，我的身体也曾容纳过鲜活美好的生命……"

"新阿大旧阿腻（二）破阿三"，衣物尽其用，衣物里满含着兄妹的嬉笑成长和亲朋的陪伴传递。日子贫穷但朴素,衣物用裁改、缝补、褪色,用温暖、柔软、熟稔,给了逼仄的生活一些安慰。

我常不知所措,那些新衣单调单薄,没有灵魂失去梦想,惨白惶恐。这"簇新",没了起码的喜悦,只在无尽的选择中,磨灭了原本的新意。

给衣物机会,如尊重孩子犯错、青年失恋、老人逝去。允许老旧是一种规则,规则使人周全;尊重残破是一种变化,变化令人成长;珍惜修补,修补衣服也修补人心和生活。

我们应该给所有的衣服,按自身本来的面貌来摆渡时间的机会。

一棵好树

清明祭祖,刚到山脚,有树在路口相迎。

这是条繁忙疲累的石子路,常有重型货车进出。人们用隆隆作响的机械,把山碾成一颗颗小石子甚至是一粒粒石粉,运往钢筋水泥所在之处。途径山脚路口,扬起漫天尘土,让人避之不及。树没办法躲,常灰头土脸地迎着,幸而是四月初,又连逢春雨,枝头漾出新绿,遮住了树的斑驳和沧桑,欣欣然迎着来往的人们,树冠张开,庇佑着脚下的溪水和左右的坟茔——有游子正要归来?

青石小径曲曲弯弯,一路通向山顶。外公外婆已作古二十多年,山上的绿见证了时间——石板是青苔的浓绿,地面是雨水渲染的深绿,土是野草覆盖的鲜绿,至于四周的树的绿,无法用言语表达。

山上的树都是好树,它们保留了树的神秘和尊严。

我叫不出它们的名字,也不能用小区里、行道旁、书册里惯见的名字去称呼它们。那些在平地上被人们种植挪移的树身不由己，名姓艳俗，气质落伍，断不能和这山上的树比。我只简单地称呼：这棵那棵，左边右边，前面后面，言语间带着平等的尊敬，还有从心底冒出的对远古的好奇。它们很高很大，仿佛又开辟出了个世界，在高处遥遥握手拥抱，只许透点淡淡的天光进来。后面的树是铜墙铁壁，坚不可摧，护卫着这片土地的宁静。前面的树开阔了视野，用主干用虬枝向南探出，开疆拓土。左右两边的树开枝散叶，有的和左邻右舍结成友好，有的甚至倒卧在侧，成了来人的座椅……山上的树每一棵都担负着重大的使命，尽着自身的职责。

山上的树都是好树，它们保有着树应有的自由和精彩。

若你真的把它们当树——它们是存在于世上有灵的生命，与之平视、对话，你会发现它们比人类活得更自由和精彩。它们强壮、健康、昂扬，一株有一株的神态，有的直指蓝天，如意气风发的青年，有思想有作为；有的憨态可掬左拥右抱，任藤条缠绕苔藓攀爬，容得下任何一种植物的依附；有的大株旁偎着小株，树枝交叉携手向天，似乎有什么大事要全力以赴；有的自身并不繁茂，也许已经老死，或是忘了春的到来，贡献了庞大的树身，允许鸟儿在杈间成家、建群。有客来，喜欢就住下了，开出白的红的花，结出橙黄暗红的果……我看惯了城里的树的"洁身自好"和板正恭敬，面对山上树的自由和精彩，不知该怎样与之对话。幸好，城里树的颜色和形象都鲜活，树上的山蚁、瓢虫、天牛都充当了树的自由和精彩，给了沾满烟火气的俗人起码的尊重和善意。

山上的树都好，它们保佑着树的子民——死去的和活着的万物。

外公生前是酒厂里的大师傅，手艺好，声望高。可再有成就的人，也明白自己终活不过一棵树。天命之年，他就在这里觅得一块风水宝地。站着，目之所及，南面是开阔的田野，姚江蜿蜒奔腾，绵延向更远更深更广的土地。背靠大山和村落，几十年甚至上百年的树遮天蔽日，以古老和长远的注视护佑着这片山地。

清明扫墓，坟前地上，树叶黄褐，堆得肥厚，踩上去安稳踏实。外公子女众多，仗着他留下的本事和山水给予的富庶，用勤劳打下了一片天地。每当清明上山，山林安静，世代相传的平安绵延其中，是因人守着树，树也守着人，那些在山水树林间一起静默的时光，将年年岁岁地继续静默下去……

下山时，又在路口那株树下流连了一会儿。抬头望天，天是绿的，在细密的春意和故事中，透进点点光斑，落在野地上莹莹地开出了朵朵小黄花，掉在石头上，成了触手可及的钻，落在溪眼上，长出了晶亮的星。吸引我的是树干上一排紧密精致的真菌——黑木耳，三四岁幼童耳朵大，够着天上的阳光，黄褐得透明，几乎能看见"耳廓"边一根根细绒毛……年年来，我还是不认识这棵老树，或许是它活得够久，年龄和阅历远超我的认知。或许是它活得坚韧，用每一年的新意和葱茏，覆盖我对它陈旧的记忆。

返城途中，经过一个盆景基地，成片拗得奇形怪状的盆景统一着色,喊着口号,种植田里种着大片樟树、"红珊瑚"、水杉,为了卖相和身价,被规定了故乡,被砍光了枝丫,被设计了间距,甚至被限制了动作和语言。那是些被约束的树,长在人们的掌控中,活在戏剧化的设计里,过着统一标配的一生。

一棵树,该有个性有尊严,且是自由和精彩的。

一只从天而降的蜘蛛

进城三十年,从没看到过蜘蛛从天而降。

慈城农村人称蜘蛛为"结蛛乱梦",从书本里知道其叫"蜘蛛",很勉强。城里男孩,捉弄女孩只知道拉辫子扯衣服。为了向男孩"寻仇",我在他笔盒里放了一只死蜘蛛,铅笔头大小,最后我被老师罚站半天。想到男孩见到死蜘蛛时的惊恐,还想笑——蜘蛛真有那么吓人吗?

常见的蜘蛛长得确实丑且吓人,头圆身子圆,身穿黑灰细绒外套,摸上去滑腻,透着坟墓般阴冷的柔软。八条腿张牙舞爪,常在网中央"弹琵琶"。看到人来,蜘蛛便挥起长腿警告,毫不客气。鬼怪故事大多以蜘蛛精为主角,蛛网和洞穴黑暗幽深。唐僧师徒不也吃了蜘蛛精的苦头吗?蜘蛛的形象和它织的网不相配,下过雨或空气潮湿时,蛛网上沾满了小水珠,间距相等晶莹剔透,在天光下闪着精确得令人羞愧的光芒。人只要轻看一眼,就会被织进无穷尽的梦中,怪不得村人叫它"结蛛乱梦"。乡人的智慧总能给贫乏的生活增添色彩。

我们对蜘蛛常常不怀好意。

村口有间牛棚,村里的牛全拴在牛棚石柱上——七八头牛,吃住全在那里。牛棚角落堆着农具、干草,脚下是厚厚的一层牛粪,人得穿着高靴套鞋才能进去。苍蝇嗡嗡进出忙碌,有时欺负牛们,有时和牛们做伴。牛棚里到处是蛛网,因此成了孩子玩乐的场所。叫上伙伴,找一根细竹,一头插根乌筱丝围成圈。不用踩牛粪进门,在门口站定,举起竹竿伸长手臂,把圈对准蜘蛛网一通捣,蜘蛛纷纷从屋顶落下,噼里啪啦,孩子们的恶作剧随着蜘蛛的落荒而逃达到高潮。阿三胆大,用罐头瓶的宽口对准它们,蜘蛛们笑着自投罗网——鸡有吃的了。我们也笑,乌筱丝圈里兜满的蛛网丝细密厚实,按一按弹性十足,这下,蜻蜓蝴蝶们要遭"祸害"了……

孩子们对蜘蛛的玩弄不只在兜网。墙角边、树杈旁、陈旧的摆设中,或蹲或站一顿饭工夫,等蜘蛛愣头愣脑把蛛网织好,刚得空坐在网中,休息片刻,不等它定神,小人儿就伸出指头,摁住蛛身猛往下沉,力度手势拿捏得准,网没破,蜘蛛迅速反弹,像坐上了弹簧床,逗得我们大笑。蜘蛛蒙了,细腿慌乱地绞住,像个裹脚的女人遭了殃,赶着去告诉别人,想跑又跑不起来。有时下手太重,网被按破了,蜘蛛吐出长线,"唰"地垂直落到地上,像空降兵带着降落伞落到地面,一踏到土便慌不择路。无论它逃去何处,过会儿再看,网还在,破损处已补好,细密平整,像用尺量过。有几只小飞虫在网中挣扎,一下两下,都是徒劳无功。那只惊慌的蜘蛛,好似无事发生,镇定自若,要么坐在网中央守株待兔,要么藏在角落里伺机而动,要么捧着小飞虫咂巴有声。于是,孩子们又起了"歹意",伸出了"罪恶"的指头……

那种得逞的快意,像是挠了许久的痒,突然挠到了恰到好处的地方,透着浓浓的惬意。

蜘蛛太丑,和孩子有"世仇",吓唬也在情理中。大人们奇怪,看孩子胡闹总骂:"死孩子,蜘蛛吃苍蝇蚊虫不知道啊!"他们的生活哲学始终围绕着庄稼、粮食和温饱。有时,人好端端坐着,走着,头顶忽地垂下只蜘蛛,便笑:"哎呀,蜘蛛降,客人香。"忙挎只篮到地头拔些菜蔬,说是客人要来了。有时客人确实会来,家里便杀鱼宰鸡,盛情款待。有时客人不来,大人备的好东西都归了小孩。他们心疼鸡鸭鱼肉,嘟囔着:"蜘蛛降,客人香,客人咋不来,浪费了一桌好菜。"小孩子不管,有好吃的比什么都强。

还有的时候,看到蜘蛛从房梁上悠悠荡荡吊下来,大人们眉飞色舞:"运道来了,运道来了!"他们喜不自禁地围着锅台灶旁转,生活的好运道似乎真的在路上奔赴而来了。

奇怪,大人没有童年吗?他们长成大人了,怎么蜘蛛反而吃香了呢?

现在,我已成人,碰到蜘蛛从天而降,也会想着有客或有好运。蜘蛛早已不是恐怖或捉弄的代名词了。进城久了,开始羡慕蜘蛛,它没翅膀却会"飞",在一个地方待烦了就"飞"走。找个好天气爬到高处,判断好风向,吐出蛛丝,兜住风,松开脚,顺风摇摆,落到中意的地方,想到哪里就到哪里。哪怕有人捉弄,蜘蛛的人生也由自己决定。

我也想做一只蜘蛛,远离城市飞到农村,飞进牛棚和童年,那个有很多蜘蛛,还把蜘蛛叫成"结蛛乱梦"的地方……

一只从天而降的蜘蛛

隐没在时光里的人

舅公舅婆,和我没有血缘关系。

因历史原因,有几个人住在庙后的几间小屋里。小屋门前用乱石垒的墙头矮,常有什么爬在上面——牵牛、蔷薇、仙人掌……生命力顽强或开得很热情的植物。左边小平房里住着个剃头匠,老婆是个爱漂亮的老太太,养出了几个活泼灵气的囡,老太太右边脸上挂着个小孩拳头般大的肉瘤,但很光滑,看惯后就不觉得丑。

不知他们从哪里来,村里也没他们的亲戚,大人都叫他们阿舅舅妈,小孩也舅公舅婆地叫,毫不见外。

舅公长得干净,平头、国字脸、大眼睛、尖嘴巴,常穿淡灰色中山装深色裤子,裤前两条线笔挺,手臂上套两个深蓝袖套。村里人喜欢上他家闲聊,他人好,手艺还多,不仅会炒菜、做饭、剃头,还会织毛衣,修补农具更不在话下。

舅公最厉害的手艺是剃头。他常把整套吃饭家什搬出来,在自家院里免费为乡亲们剃头。我常靠在他家老旧的木门边看他忙碌。农活不紧时,每个这样的午后都让人兴奋——大太阳底下,人们窝在大皮椅里,白色围兜晃得人眼酸,让人眯起了眼,锃亮的剪刀在舅公手中上下飞舞,好听的咔嚓声让人不由自主地心情愉快。

舅公脚边有个炉子,上面烧着热水,咕嘟咕嘟沸,热气一捧一捧往外冒。舅婆舀出几大瓢热水,毛巾在脸盆里浸几下,拧干递给舅公。舅公一把抖开毛巾,呼呼对着吹几下,折成个长条,"啪"地贴在那位"主顾"的胡茬上,然后继续剃头。那位"主顾"并不闲着,斜躺在大皮椅中,二郎腿微微抖动,惬意极了。太阳照在他的头发和眼睫毛上,忽闪忽闪——农人难得有闲适时。风很轻,空气中流动着鸟的咕噜声,一声接一声,很寂寞很安静,也很美好。

有时,舅公舅婆看我坐在门槛上发傻,招手叫我过去帮忙。我凑过去给炉子添个火,到水缸旁舀几勺水,往炉口胡乱扇几下,没过多久又跑开去玩了。有时,舅公舅婆一把抓过我,摊开热毛巾,在我脸上抹一把,那劲儿真大,要把我黑了几天的脸剥层皮似的,疼得我张牙舞爪地逃开。

太阳明晃晃的中午,舅公舅婆端出小饭桌吃饭。母亲常年在外工作,中午时,她常常不会回来。舅公舅婆家大树底下的小饭桌真小啊,臭冬瓜浇了麻油,老豆腐撒了葱花看起来葱绿可爱,炒青菜放了猪油,小鱼煎得亮亮的,番薯被掰成了一块一块……太阳落在小饭桌上,风来,叶子动了,斑驳的树影在饭桌上跳跃、眨眼,使劲勾引着我。

我眼珠子盯着鱼使劲看:"舅公舅婆,这鱼啥味道?"

"你尝尝看不就知道啦?"

"公、婆,我尝了,可还不知什么味道呢!"

"那就再尝尝。"

我流着口水一次次问,一遍遍挨个儿尝,舅公舅婆不厌其烦地答着。风还吹,树影还跳,狗和猫跑来跑去忙着抢我丢下的骨头。一个饱嗝打得响,我摸摸滚圆的肚皮,心满意足地到一旁抓蚂蚁去了。舅婆收拾碗筷,舅公坐着伸出大手比画着我小小的身子,他要为我织开冬的毛衣了。

于是,这么一年就过去了。

如今,我离开老家三十年有余,庙后舅公舅婆住过的老屋早已倒塌了,院子不见了,大树不见了,他们不见了,闪闪发光的日子也不见了。或许都还在,存在于我不老的回忆中,简单、明亮得如门口的小河水,清澈得叮咚作响。我时常想起他们温和的笑容、深深的皱纹、斑白的头发,以及走在日光里的模样,牵着我的手,勾着我的鼻子,纵容我小小的狡猾,温暖那个孤独的小孩,陪伴我一点一点地成长。那是人世间一寸寸缓缓移动的美好,足以温暖我的人生之路。

英雄水库

英雄水库在宁波慈城北部,西和余姚交界,北和慈溪相邻,是江北区的最北端,周围有南联、公有、五联、金沙几个村。我的老家叫浮上桥,依偎在水库膝下。

村中有一条六七米宽的河,源头在英雄水库,横穿村落,绵延漫长,一路奔向远方。冬天,在河中敲冰洗碗。春天,在河埠头洗春菜。夏天,"泥鳅"们乌黑闪亮的影子和鱼一起忽隐忽现。秋天,摸河蚌、抠螺蛳、洗锄头。河埠头散落在河沿上,像音乐章节中的分隔号,恰如其分出现在农人生活中,它们在农事中欢腾,在四季里静默。村里孩童上学不用大人送,顺着河沿走,水库来的水指引着他们,听他们一路欢笑,看他们蹚过泥浆,在深深浅浅的行进中,走出山村走向学堂,融入外面的世界。

每当水库放水,小河就更饱满生动了,河水比平时壮硕和豪迈,带着来自水库的嘱托,浩荡奔流。到别地去,人们总说我们是上游来的。外婆家在六七里外,一到水库开坝,姨娘们欢喜地端上脏衣服到河埠头洗刷,舅公们背起锄头钉耙奔走相告:"快去开渠放水灌田,上游放水了!"

英雄水库的水流过家门口,流过田洋坂,流过村落和农人的心,悄无声息日积月累,养育着世间万物。像窝在墙角处的老祖母,很少说话也很少起身,用恒久的目光,给予进出忙碌的子孙们绵延的爱。

八九月台风季,树被拦腰刮断了,日子中有了秋的凉意,

周边出没逃水灾的人，河水没过河埠头爬上了石桥，晒场上能捉到河鱼了，学校突然放假了……大人脸上堆满了惶恐。天黑后，母亲擎起煤油灯反复在黑暗中摸索，检查门是否闩好，墙门是否坚固，鸡鸭是否赶到高处……台风钻过乱石墙，带着一路的斜雨到处肆虐。母亲又慎重地把大木桶放在我们兄妹俩床前，叮嘱了一遍又一遍："万一水库塌了，别管我们，自己乘木桶逃生去啊！"父亲只担心大风吹走屋顶的瓦，却从不担心水库会塌："大水不冲龙王庙。十几年前，我们这几个村的人一齐修的这水库。当初，肚里晃二两清水粥肩上抬几百斤青石条，硬把噶（这么）大的水库修成了。去水库上看看，我还能说出哪几块石头是我安上的……"

　　母亲像没听到父亲的叨咕，一遍遍重复放大着作为母亲的忧愁。只有我们，在无风无雨的睡梦中消化了母亲狂风骤雨般的惊恐。早起一看，地是湿的，残枝败叶和着泥，叔伯们没去田里，学校继续放假，我们开心极了——英雄水库牢靠啊！

　　我去看过英雄水库的坝，出村右转往北，走完平路后，爬上笔陡的坡，大坝一览无余。坝体往西两里有余，数不尽的石条用四十五度的倾斜和肃穆，昭告着庄严和守望。无论从哪个角度看，大坝都是茫茫一片，茫茫的群山和远水，茫茫的石头，茫茫的沉默，茫茫的来自远古的问候。那种俯视，让幼小的孩子瞬间不知所措。据说，英雄水库修建于二十世纪中叶，那是一个崇尚英雄的时代，父辈们用单薄的身体建造起山峦河流间的一道屏障。人与自然博弈的过程就是书写英雄。水库前身是云湖,而云湖,则是唐代明州刺史任侗主修的,现在村落中,还留有许多任姓后代。

英雄水库,还是屹立在历史茫茫处的"英雄"。

我去大坝,除了看父辈用热血铸就的水库,还有拾起童年的乐趣。那坝体上,斑驳的石缝间,二三月开满白花,四五月结出果果红,是孩童们的乐园。至于,英雄水库什么样,在那时,实在不是八九岁的孩子能窥得的。

婚后,先生曾多次带我驾车拜访心目中的英雄水库。我们沿着山势前行,一路细致地欣赏水库美景。收入眼底的尽是大气磅礴的景象:肥美广阔的良田、俊秀挺拔的山峰、勤劳质朴的民风、绿波上荡漾的九曲红桥、隐匿在丛林山峰中的小凉亭……唯独未见英雄水库的真容全貌。隆冬时的烟波浩渺,初春时的天真烂漫,盛夏里的隆重浓郁,金秋时的漫山绚烂……哪个才是真正的英雄水库?我们笃定自己就是英雄水库生养的子民,农人们奔忙的汗水,喜悦的泪水,奋斗的血水都来自英雄水库。

三十几年后,在外碰到同乡,总这么介绍"我住在英雄水库下的一个村里,你呢?""我家在英雄水库上,云湖南联人。"……英雄水库就像是我们的老祖母,慈祥地看着膝下承欢的子孙,笑意盈盈,心满意足。而我们,像失散多年的同族弟兄姊妹,隔着茫茫世事,找到了人生的源头。

现在回老家,乘地铁半小时就能到镇上,搭一辆小三轮到英雄水库,也就二十分钟。一排三轮车中,一个六十几岁的老者迎了上来。

"小娘,去阿里[1]?"听这口音,八九不离十是周边村民。

"英雄水库,多少钿[2]?"我问。

"二十块,好伐?"老者带着询问的语气。

我扯开嗓子,拿出本地人架势,搭起一口正宗的慈城话:"咋讲啊,侬当我篮板来伐晓得英雄水库来阿里啊,十嗯块够嘞[3]!"老者听着这一口地道的慈城话笑了,载上我,乐颠颠驶向英雄水库……

---

[1] 宁波慈城方言,哪里。
[2] 宁波慈城方言,钱。
[3] 宁波慈城方言,意思是你当我很少来这里不知道英雄水库在哪里啊,十五块够了。

油菜花开才是春

什么代表春？灼灼的桃花、漫天的樱花还是绿色的樟树？每每被问到，我的眼前总是涌现黄灿灿的油菜花。

油菜花，慈城人叫菜籽花，结的籽能打油，乡下人一年到头的油水都靠它。菜籽油味道特别，如果吃惯了，一闻到油香就饿。进城后再吃到菜籽油，像进皇宫看到了金銮殿和蟒袍。现在的孩子习惯了吃调和油，吃不惯菜籽油，对菜籽油的陌生与隔阂，和坐轿车飞驰而过看油菜花地没什么两样。

故乡的春有菜籽花。

十二月，江南入冬，农人割完晚稻，翻一翻田垄，来不及喘气，就得撒菜籽了。菜籽秧矮胖，叶子耷拉，憨厚实在，和三四月油菜花的绚烂无法对接。

之后，菜籽秧疯长。三月里，菜籽花开了，农田像一个松花团，满地嫩黄，柔软光滑。嗡嗡的蜂扯出浓郁的香，蔓延的桃、李、杏作陪，一齐成就春的盛宴。大人孩子喜气洋洋，陷在油菜花织就的幸福里。经过了五月底的暴晒和农人的捶打，黑小的菜籽摊在篾席上晾晒,孩子们起跑,在临近席前突然放倒自己,在菜籽上溜出个漂亮的弧线。

再后来,它们就以另一种形式出现了,装在瓶里的暗黄,浮在臭咸菜上的油花,菜蔬下锅后的刺啦,鱼入锅中的噼啪,以及孩子通红的脸颊和大人们闪亮的眼神。

被菜籽油浸润得咯咯笑的日子,寻常又难忘。

无论天气如何,都想漫无目的地闲逛,闻闻菜籽花和青草的气息,看看白墙青瓦深处袅袅的炊事和田间地头的叔伯关心毛竹麦田的神情。蚯蚓、蝴蝶、麻雀……自顾自忙碌,大地宁静之下暗藏生机,人心平静之下暗藏喜悦。蜜蜂嗡嗡,暗自生了野心,想把满天下的油菜花一一收入囊中。春水汩汩从沟渠奔过,田水中碧绿的青衣,捏干展开举在眼前,一切都变绿成春,太阳是,云是,天是,风是,空气也是……

如今的情况让人痛苦——有人瞅准商机,征用土地大量种菜籽花,供人踏青游乐,也为了带动周边经济。菜籽花不寻常了,农田的安静被打破了。青衣是啥?嫌脏,捞起丢在田埂上,任它们流失水分。女人们穿梭在菜籽花地中,装出各种妖娆新奇的动作,仅仅为了拍照。菜籽花有的卑躬屈膝偎在女人身旁,有的低眉敛目被踏在了皮鞋之下,有的牺牲了自我,被掐头去腰插在发间……

桃花是婉约的春,青草是喷香的春,牛马是殷勤的春……油菜花是油光光的春,别只顾着拍照晒图,学菜籽安静从容地生活吧。

多年来，乡人们背着锄头的坦然和宁静，落在日常的每个褶皱里，生根发芽开花，并成就了如今的我。他们对农作物的认真，对土地的感恩，对自然的不忍，造就了我的悲悯。我不会用指甲掐断菜籽花，把它们禁锢在瓶中；我不会踏在菜籽花地里，拍照索取春光；我不会站在榨油坊门口，以游客的身份旁观菜籽的涅槃……我只做个寻常的农家孩子，播种、施肥、守护、耕耘，在年成好或不好的季节里收获，尊重生活和春，因为它们是从自然中长出来的，是活泼自然的，是像黄灿灿油亮亮的菜籽花一般的。

有竹令人俗

"宁可食无肉,不可居无竹。无肉令人瘦,无竹令人俗。"

江浙多竹,寒竹、斑竹、撑绿竹……我们这里盛产毛竹。二三月,田里、麻将桌旁、灶台前找不到父母,别急,准"钉"在毛竹山上。捣毛笋的时间,黄沙山泥裂出细口,一锄下去,毛笋头嫩生生露出,再顺几下,细腻白嫩的"黄泥拱"出来了。农人乐了,准能卖个好价钱。

每年四五月,留下来的毛笋钻出地面变成竹子,呼呼往上,黑褐色的外壳层层脱落,捡了洗晒后,包端午粽吃。蒸过的糯米粽里有淡竹香,外层的粽肉也变成淡褐色了,俗。满山的笋壳随你捡,挑到城里卖给爱吃粽子的人,又能换回几张钞票,俗。

俗,俗成了明晃晃的钱币。

只要愿意,农人们随时都能到山上砍竹。竹林是宝盆,冬天也用之不尽,满山落下的枯叶扒拉一把,用于引火,实惠。没人嫌这风吹雨打日晒的竹叶脏。冬过,腐叶是竹林一等一的好肥。春开，毛笋长得更旺了，毛竹长得更欢了，村里的篾匠更忙活了。

篾匠负责把竹子变成人们最亲近最称手的物什。一般，村里都有一两个善做竹器活儿的篾匠。篾匠师傅一年到头套着袖套，系着分不清颜色的围兜，穿着破兮兮的汗布衫忙进忙出，身上竹屑白白的。院里摊满了竹子，刚从山上拖来还没去叶除枝的，成堆搁着脱水的，已被对半劈开剖成了竹青和竹白的……竹子用场大，排场也大。

俗，俗成了柴米油盐，俗成了农事中的钉耙锄头。

小时，我和哥哥睡同张竹眠床。兄妹俩一人一头，抓住床头毛竹用脚对蹬。竹眠床吱嘎吱嘎，响动大了，父母不问缘由先把哥哥骂一顿："做大的再吵，乌筱丝抽。"乌筱丝就是毛竹丝，抽起来血痕一棱棱的。我赶紧起身在床上蹦，为哥哥减轻处罚，竹眠床发出欢快的吱嘎声，像竹林在风中摇摆，沙沙、沙沙——

夏天睡竹眠床，后背上一条条印记像负了荆，痛且难看。乡下孩子从不恼，大家都有，谁也不说谁，跑几圈，到田里滚一滚，很快不见了。

春，竹林里毛笋千军万马。它们于我，不是用毛笋换得吃食的惊喜，不是红烧笋块的清香，不是笋干晒在篾席上的铺天盖地，也不是摇曳在春光下的竹影，而是化身在俗常中的竹器。

农村人家多竹器，篮、箩、竹床、扁担、篾席、竹蜻蜓、零钱罐、快板、厨房里的席罩、扫地的扫把……和杨柳、桃梨比，毛竹长得更快，取用方便。有的毛竹长在山坳里，只要有水，往溪里河中丢下毛竹，回村里叫上几个得力的帮手，在河边站着等，竹子顺流而下，用钩子一钩拖回家，省力。

俗，俗到了生活中，俗成了经验和智慧。

年关一过，农人们带着家小，挑肥上山，在毛竹主根周围挖条浅沟，浇上肥水填上土，毛竹也过年。活儿做完了，靠住毛竹坐下——竹林里风很轻，大家压低了声音说话，喃喃地讲，像把满腹心事说给竹林听。父母祖辈的坟都在这里，坟头的蒿草与村落的屋顶遥遥相望，儿女的脚步声在山间上下回响，看得见竹的长势，听得见农作物的生机。抽根烟，眯起眼打量，透过密匝的竹林，望望高空也看看不远处的亲人。他们在怀想，怀想或远或近的日子，怀想和亲人一起度过的岁月，怀想竹叶沙沙，竹笋芳香，竹器陪伴的时光。他们还在祝愿，祝愿明年开春竹林的葱茏，祝愿嬉戏的孩童如开春的竹子节节高，祝愿日头下的日子如竹叶的沙沙声，一年更比一年好。

俗，竹子令我们俗，这俗是世俗的俗，俗得热络亲切，俗得高兴，俗得有劲。

又是一年燕归来

燕子，比人更守信。

"小燕子，穿花衣，年年春天来这里……"幼时，最爱这首歌。歌曲曲调明快、歌词贴切，哼唱中予人明亮和轻盈。

燕子和麻雀体型差不多，远看，电线杆上停得黑压压的。似乎刚商量好什么，默契保持着同一姿势，一声不吭，但凡有谁起头嘀咕了一声，大家又你一言我一语热闹地讨论开了，甚至有时你管你说，我管我辩，非争出个黑白来。孩子捡了小石头，对着远远一丢，还没到地方，它们便配合地飞走了。有时也烦，旁若无鸟地经过，它们又不淡定了，在电线空隙间跳来跳去焦躁不安；有时叽叽喳喳叫几声，用高亢尖亮表达被疏忽的不满；有时丢下坨粪便，不偏不倚钻进后脖颈，湿答答暖烘烘臭兮兮，气得孩子又要找石头；有时索性头也不回，带头的一呼喝，后面的便一溜烟飞走了，消失在空中。

以后，每次看到五线谱，注意力都无法集中，满眼跃动的音符使我回到了童年，站在电线下，看着鸟儿们一群群一个个戏谑我们。

　　山上的，河边的，树隙和草丛里的，稻草堆与菜地上的，这群和那群，都一样吗？怎么分辨燕子和麻雀？我们被欺负急了，背着晾杆追打鸟群，甚至要把屋檐下的燕窝儿给"捋"下。奶奶把我们几个拢到跟前，数落中带着教训：麻雀花褐，肥头圆肚，身量比燕子短，像武大郎，老和人抢稻谷吃，强坏霸道。燕子一身黑衣，尾巴像剪刀，胳膊嘴巴腰身细，像打虎英雄武松，说话算数……孩子们疾恶如仇，记住了武大郎和武松，还记住了麻雀花燕子黑，瞅到电线杆上不那么黑的，准跑去丢石块。可我们从没想过，为啥燕子"说话算数"。

　　是唱了"年年春天来这里"后，才知道燕子"说话算数"的。

　　我问奶奶："燕子是怎么知道春天的？"奶奶反问："你又是咋知道的？"

　　"能穿花袄看花了。"我晃着桃枝笑盈盈。奶奶望着屋檐下黑灰的"碗"说："再过几天燕子该来了，就住我们家好不？"我雀跃，但还不明白，奶奶怎么知道燕子过几天就来了呢？奶奶怎么能请燕子住到我家呢？隔壁阿三家也有"碗"，这"碗"老早在了，会破吗？

　　只是折了几枝花的工夫，早上起来，就听屋檐下有叽叽喳喳的声音了。一开木窗，窗框上边扑啦啦飞出两只燕子——呀，是收到了奶奶的信，就住我家吗？奶奶给我穿上花袄，梳上羊角辫，我蹦跳着，像只燕子出门去了，心里因燕子的到来，变得明朗轻盈。我不禁又哼起那首歌，歌里的每句话，在春里

——得到了兑现。

回院,蹑手蹑脚向前,燕子排在"碗"沿上侧头打量,小圆眼闪亮,有久别重逢的兴奋,有来自亲人的关爱和数落,有朋友般深深的探寻和疑问……奶奶抱我上窗台,指着"碗"说:"燕有窝啊,无论去多远,回来还找以前那个,所以啊,我们要替它们留着。要是回来找不见了,就算能重做,它们也会伤心的……"

重做不好吗?崭新硕大,像阿波家的新房,有楼梯和红屋角,只和爸妈住,有自己的房间和床,同学来了有面儿……我做梦都想。以后每年的春,只要看到两只大燕子挨挤着站上"碗"沿,"碗"口伸出三四张嫩黄的小尖嘴,地上又有细碎的粪便,无来由的愁绪涌上心头——重做不好吗?可它们比我更留恋老屋,只偶尔衔点儿泥修补。大多数,一只守家里,一只衔回些羽毛和细草,忙几天,就算把"老屋"修缮夯实暖和了。接着,嫩嫩的嘀咕声钻出来了……

年少时外出求学,一家人送我,奶奶锁完门又往里推了推,留下条细窄的缝儿,瞅着我说:"燕子出去要记得回啊。"

有人守护和等候,才愿乐此不疲地回去。我坐在老屋门槛儿上,又轻轻唱起了那首歌:"……我问燕子你为啥来,燕子说,这里的春天最美丽。"多年后,奶奶去世了,我们去城里了,老家没人了,老屋没了,田地被收了,乡音忘了,我成了只失窝的燕,想回却回不去了。

捉年鱼

幼时餐桌上,河鲜比肉多,农村里的鱼虾野蛮生长,连大雨后的水洼里也时常会蹦跶出些什么来。年鱼不同,得在河里抓,因为占了个"年"字,天时地利,特别神气。

年鱼不是每年都捉,庄稼收成不好、发大水是不捉的。要养鱼,隔年才捉。不捉年鱼时,人们见面绝不提鱼,"你家猪杀了吗?""新衣服做过伐?""屋里灰尘掸了伐?"……若今年村里决定捉年鱼,整个村子就像一锅小火烧煮的水,冒着热气,咕嘟咕嘟欢腾。大人们精神,小孩儿们闹腾,连猫狗们也比平时忙了。

年前大半个月,就要为捉年鱼做准备了。

男人最忙,要借船,最好是头上架打水机的那种船,村里有就不用求人。河头河尾各一只打横,发动机绷着履带,它们和抽水管联手,蓄势待发。草包填满了沙土,鼓足劲儿自觉站在河道中,高过河水,态度诚恳,形象威武,不是一般鱼能撼动的。在日日的惦记中,柴油发动机开始"突突"地抽水了,声音高亢有节奏,唱响了农人心中有关年节的欢喜。柴油味儿盖过一切琐事,在每个角落蛊惑人心。这不由自主的兴奋随河水的降低而升高——河岸露出来了,河泥黏糊糊的,有大鱼跃出水面了……

能下河的只有男人们,他们挽裤管卷袖子,在众人热烈的注视下下河了。腊月的河水冷,人心很热,岸上闹哄哄的,全村的人空前自觉地围着,捉鱼的到哪里众人便涌向哪里,有鱼没鱼、大小多少都能让他们发出高低不同的欢呼声,有时甚至是没来由的起哄,一阵盖过一阵。风呼呼绕道走,男人浑身河泥,分不清谁是谁,只露出笑弯的眼与白晃晃的牙。他们弓着背、伏着身子,两手在淤泥里扒拉,不敢偷懒,年鱼的收成,是人们茶余饭后的故事,从年头笑到年尾。

小孩也忙。他们大声吵闹,偷摸着想下水捉鱼,被大人一巴掌拍回,只能在人群中穿梭。男孩们看中了从河底捞上的珍珠呐泥,驮了整块到青石板上坐下,做起了呐泥炮仗。别看他们乒乒乓乓玩得起劲,一只眼盯着呐泥炮仗,另一只眼肯定落入鱼箩,趁大家不备,偷几条鱼飞回家,没人说破。

女人们更忙。她们精明,心里算盘打得哗啦啦响——鱼摊得一堆堆的,粗看没啥,细看讲究大了。分鱼的下手失轻重,一堆鱼多出几斤看不出。分啥鱼也要紧,乌鳢鱼[1]、草鱼、螺蛳青[2]少,要能分到一两条,春节里头撑市面全在了。江鳊鱼、鲤

---

[1]　宁波慈城方言,黑鱼。
[2]　宁波慈城方言,青鱼。

鱼更少,一般早被放在村里有头面的几户那里了。老百姓分到的,拆排鱼和河鲫鱼多,还有白鲢。别看白鲢白,在村人眼里连胖头鱼都不如,后者还能做红烧鱼头,余下的用油盐渍渍,太阳底下晒晒做酱鱼干。白鲢肉干没嚼劲儿,鲜不如鲫鱼,刺比

拆排鱼还多,腥得连猫都嫌。没味儿。嘴里没鱼香年就过不响。

年鱼,重点不在鱼而在年。去别人家做客前,小的们要被大人提耳朵皮:主人家给吃什么就吃什么,记牢,别撬鱼。六七岁的我,可记不住他们说的这些。大年初一奔进外婆家,

大圆桌中一条奇大的红烧河鲫鱼窝在深盆中，一只筷宽，头和尾搁在大盆外，油煎得金黄的，通红喷香，碧绿的小葱段缀在上面，色香味俱全。等不了，我心急火燎爬上凳，对准河鲫鱼背就是一大筷子，还嘟囔："河鲫鱼呀，不吃白不吃。"

回家这顿打，得攒到正月十六后。道理和吃年鱼一样，铆足劲儿在过年的桌上摆条鱼，只为讨个吉利——年年有余（鱼），碰到个不识相的撬了，嘴上不说，心里不知骂过多少回了。当然免不了一顿揍。

没被撬的鱼要坚持很久，今天端出的和明天上桌的是同一条。大家默契，知道那条鱼在饭锅里蒸了又蒸，谁都不动筷，只瞅着鱼说些讨彩话。正月十六一过，能吃鱼了，却不知鱼成了什么味道。

捉年鱼、杀年猪、贴年画、备年夜饭……凡事和"年"字沾边儿，都自带喜庆。农人紧巴了一年的脸上，眉梢带喜，嘴角挂笑，连脸颊也变得红通通的，像是从对联上剪下的两坨红纸，被生生贴在了脸上，透着夸张的年味儿，他们的步子越迈越大，声音越说越响，日子也越过越香……

做双老棉鞋给你

九十月份稻还没收时,主妇们要给家人做老棉鞋了!

小时候只要一下雪,踩着老棉鞋直奔雪地。江浙一带少雪,一下就是深深的,棉鞋踩在其中,都淹没不见了。一场雪仗下来,鞋湿了大半,有从鞋面湿进去的,有从鞋底漏了渗上去的,回家坐到炉火旁,脱下,袜子连着棉鞋,白嫩嫩肥嘟嘟冒着热气的脚丫露出来了,在父母跟前晃来晃去。父母佯装要打,还没挠着孩子脚底心的痒,小猴们便嬉笑着逃开了。大人们也不再怪,看在雪的份儿上,把老棉鞋倒覆在炉沿上,边扒拉炉火中的煨番薯边不时提起鞋看看……不多时,煨番薯喷喷香了,老棉鞋蓬蓬松了,空气中混杂着番薯的甜香和孩子的脚臭味儿,炉火明亮,父母的笑声朗朗。雪窸窣地下,炉火温暖得让人想睡觉,狗在梦中和谁抢骨头,呜里哇啦叫几声,我们睡着了,在梦中等着积雪满地时,再穿上老棉鞋出去撒野。

二十世纪七八十年代的孩子,都有一两双老棉鞋。非得加上"老"字,大概是因用老手工做的吧。常在农闲的妇人手中,看到大大小小的鞋底，白色棉布剪成的脚样，一层层垒起。妇人们手拿寸把长的针，扯着长长的米纱线，绕着鞋底面儿，一圈圈反复缝，用牙咬或用顶针顶，一针得费上老劲儿，密密麻麻一针赶着一针，像风雪夜里，外出晚归的人，一脚挨着一脚，匆忙奔着家的温暖而去。这样反复来回打针的鞋底厚实耐穿。

鞋底讲究实用，鞋面还得美观，多用灯芯绒或绒布做鞋面，常用黑蓝两色，加点儿红的小花儿，那是小媳妇儿小姑娘的。鞋面和隔里中间据个人需要填上适量的棉花，分匀摊平，上下一缝，棉鞋就成了。这么说来，好像棉鞋得来全不费功夫。其实做双棉鞋，从选料到制作，得耗费很多心力和工夫，特别是纳鞋底，更是要费不少工夫：量脚、定样、找料、裁剪、糊糨糊、缝制、减掉毛边……趁农闲，得空做几针。赶季时，只能挑灯夜战。孩子不知大人辛苦，风里来雨里去雪里踩，还上房揭瓦下河摸鱼，一双棉鞋整个冬天穿下来，有的豁前嘴笑，有的脚底下磨了洞，有的鞋面破了口，还有的从秋天穿到初春，直到脚上的冻疮发痒了才嫌弃老棉鞋，不情愿脱下。孩子的脚长得快，一双老棉鞋要是还算完整，要不拆拆补补给下一个穿，要不拆出棉花重新做一双，于是巧手的主妇们又有的忙了。老棉鞋有好多种，对半开的叫元宝鞋，打了孔穿上鞋带的小孩儿穿得比较多，前面方方的一块叫舌头鞋，孩子穿出去的棉鞋时新，别提多神气了。

母亲不喜手工，更不善做棉鞋。小时候为六七个表兄妹做棉鞋的事儿，都归外婆。外婆近视八百度，穿针引线剪剪贴贴要叫上我们，偏偏我们顽劣好动，能在她身边乖乖听候差遣的没几个。外婆做双棉鞋要比别人多个把月时间，就算这样，我们年年都有新棉鞋穿，脚上从来不长冻疮。外婆没抱怨过什么，每年春节，小的们回家拜年，嗑瓜子、吃大肉、说笑，等我们玩累了睡下后，外婆爱把床边的一双双棉鞋收起来，晾晒在屋檐的燕子窝下，阳光洒在棉鞋上，钻进棉鞋里，我们这一群孩子醒来后穿上，穿着棉鞋也穿着阳光，一个个奔向远方！

　　一九九一年冬，父母送我外出求学。过江的船要开了，母亲急急跑开，回来时手上多了双老棉鞋，她把鞋子挂在我的背包上，细细嘱咐。天色将晚，江风很大，船要开了，我急着走，母亲的话没听全，还不耐烦带那双手工老棉鞋，忍不住皱起了眉。往后几年的冬天，我都从这个渡口外出，母亲的手中也总拿着双新棉鞋给我——千层底、红色灯芯绒黄色小花，厚实得像只馒头。往后，我穿过很多鞋——皮鞋、靴子、豆豆鞋……不知不觉中，脚长了许多毛病，有时痛得无法行走。想起老棉鞋的好来，才去问母亲："为什么你总会在渡口给我双棉鞋？"母亲说："村里有对做手工棉鞋的夫妻，活儿好、用料实、穿着舒服、价格也便宜，想着你在外面要冷的。"我赶去老家半浦村，想请那对老夫妻为家人做几双老棉鞋，村里人遥遥一指："喏，他们就住在那里，现在七老八十了，已经三四年没做了！"

后记

给每个生命一个开花的瞬间

为什么写?

我所有的文学启蒙来自幼时,外婆老木床周边一摞摞的《山海经》。再有,就是养育了我九年的山村的草木和早早离开故乡后,对世界的疏离和陌生感。九年里,一半日子是懵懂的。故乡和千万普通的村庄一样,不过是烙下了我的九年,启发了个性中的敏感和细节,积累些许体验罢了……为什么写?怀旧。

我成长在和平富足的年代,生活安静平缓,在细碎但平常的日子中辗转,拥有琐碎又平凡的幸福,处理躲不过的柴米油盐,接受无法改变的事实,努力掩藏生活给予的锤击,奋力歌颂日子赐予的甜蜜……所以,我写的都是生命中一些嵌在时光褶皱里的小事,平静地絮叨些琐碎和平常……为什么写?记录。

是敏感作祟吗?别人都觉风和日丽,我却常狂风骤雨,还把自己淋湿了弄伤了——莫名离开故乡,连根拔起,早早结束童年,被陌生的城市疏忽……痛苦无处躲藏,时刻被纠缠在过去中,件件详陈桩桩细嚼,无法自拔。龚古尔兄弟曾说:"为了作品的委婉细腻,能表现出微妙的愁思、震颤的灵魂和内心的种种罕见而美妙的感受，一个作家的身体里必须有个生病的角落。"远行之人，必有故事……我有一些自以为是的痛苦和故事。为什么写？疗伤。

要痛苦干什么？人生忽如寄，如鲁滨孙被抛到孤岛上，到处充满了生命浓重的孤独感，世界只他一人，痛苦由此衍生。我们能和世界脱节吗？还是世界已经不声不响地改造了我们？我们的成长来自哪里？从转瞬即逝的世界大事，从眼花缭乱的地球风光，还是从一餐一食或一日一时？甚至包括流泪和微笑？我们应该关心世界吗？还是把自己这个小世界过好了，就能在大世界中安然……为什么写？尊重人生。

我们终其一生，生命最大的意义无非是自我和解，说服疗愈，回归内心的从容和平静。岁月的不动声色吞噬一切，生命只能用记忆来承载，用文字去融化，从而更好体味生命的丰盈。所以，热爱书写的人总喜欢回到过去，通过笔触，用记忆美化痛苦，温暖寒冷，在一次次的编织中，重塑人生。书写文字，让我更关注自我内心安静的培养，黄昏时的寂静，日光寸移时突然的沉寂，每朵花的笑颜，留在舌尖唇齿的味道，亲人爱人一次次充满爱意的注视与抚摸……为什么写？与自己和解并获得内心的富足。

关注内心，在一片树荫下，在一处石凳上，低头书写，生存中好像就有了一条不被打扰的缝隙，微微投进太阳热切的目光。回忆起故乡的砖瓦，父母的举动，童年的孪笑，用了很久的物件，爱得或伤得很深的人……记忆是忠诚的，背后的故事、含义，和使用过它、爱过它的人的生命史，糅杂在一起，形成了很难拆解的整体,经过笔端,用文字流泻于纸张上,便有了童年视角。

写吧,通过细节的描述和自我的成长,作者有责任提醒读者,不管世事如何,我们都应书写生命中感受最深的瞬间,同时,也启发读者能注意到自己生命中最重要的东西,从而获得疗愈和成长。当世界的所有喧嚣在灯光中褪去时,我们用更多的精力,看护、守住内心,并按规律正常成长,让每个生命都有开花的瞬间。

怎么写?

我尊重文字,渴望笔下呈现出来的文字像片雪花,干净、清晰、澄澈。那就要我做到心灵透明,语言诚实、准确、简洁,那样才有力量且不受约束。常用足够的时间和耐心去琢磨词句间那种自如的来往、配合、转换和衔接,并动用想象力,塑造一个趋向正能量的形象和人生。我对故乡教给我的母语保持刻板的忠诚,用随性且超越自身的语汇,发出了一次次痛苦和快乐交杂的呐喊。把痛苦埋在心底,自己咀嚼、珍藏,而快乐,则着色、强调、分发出去,从而形成了含着泪的温暖的交织。

我也喜欢诵读文字。读自己写的文章,历经心灵的磨难和洗涤,这应该是文字和美善传播最好的方式。每当文字从唇齿中吐露,又反馈到我的耳朵和脑海中时,文字和感受就在诵读中呈现,自然地传达了文字的韵律,重复着情绪的辗转。

网络作家冯梦波曾说过:"按理说,个人的皮毛琐事根本不值得书写,但是如果没有这点儿自以为是的偏执,作为个人的存在就毫无意义了。"希望读者能在这本书中,意识到这是某个人、某一群人生命之树的落叶,每一篇都曾生机盎然地长过,被小心翼翼地保存，值得阅读和珍藏。至于它们未来的命运，我就不再操心了。

继续写下去，去关注内心，去关心他人，去发现世界，去持续成长，并一如既往地温暖和美好。

感谢家人包容我的一切；感谢写作十年来，每当为了看我记录心中的感受，而好奇地等在一旁的学生；感谢在我最困难时给予我写作方向的樵夫老师；感谢"句章是座城"的夜读栏目，他们在长达六年的时间里，一期不落地刊登我的文字，是对我写作最大的鼓励。

冯志军

2022 年 10 月

☺ 孩子们眼中的我

宁波市江北区育才实验学校 402 班的孩子们

百变大王冯老师

"哎呀,我的红笔呢?"冯老师又开始找红笔了。

说起冯老师呀,那全班同学都会说,她是一个百变大王。瞧,她一下子变成了红笔的"克星"。

改作时,她一下子问同学们讨了好几支红笔,可是,借给冯老师的红笔总是有去无回啊,看,刚借给冯老师的红笔,一支弄丢了,另一支,笔墨用完了。唉,真是可怜了那些红笔宝宝们了。

下午,冯老师又摇身一变,变成了一个运动健将。她一会儿在杠杆上卖力地做引体向上,一会儿十分熟练地跳起了绳,一会儿在操场上跑步,足足跑了三十多圈呢!可厉害了。冯老师越运动越勇,或许,国家队运动员就是这样练成的吧。

　　课间,冯老师又变身为大作家啦。她趴在电脑前,快速敲打着键盘,马不停蹄,似乎无视了身边的一切。这一回,我们班的"调皮蛋"又开始作妖了。他眨巴眨巴眼睛"嘘"了一声,示意大家先别说话,轻手轻脚地走到冯老师身边,装出使劲的样子"掐"住冯老师的脖子,可她眼盯屏幕浑然不知,我差点儿没笑出声来。"调皮蛋"又心生一计,用手在冯老师脸上挠,她痒了,咯咯地笑着,却始终没放下"工作"。上课铃响了,冯老师这才停下"工作",对"调皮蛋"说:"下次你再打扰我写作,小心,我变成老虎吃了你!"全班哄堂大笑。

　　这就是冯老师,一个多变的人。

（石蕙渲）

运动达人

　　一说起冯老师,我就会想起她十分爱运动,她的腿细细的,一看就是个运动达人。

　　一天下午,我在训练时发现一个苗条的身影飞快地跑过,仔细一看呀,这不是我们的冯老师吗?她的腿好长,跑得比田径队的人还快呢!她不会累吗?跑了半个小时后她的速度跑慢了,又跑了一圈,她停了下来。她一定要休息了吧?出乎我的意料,她不仅没休息还开始压腿。大家好奇下雨了冯老师还会跑步吗?她用行动告诉我们,她每天都会跑步,下雨时就在廊子里跑步。

下课了大家在玩,可冯老师却戴上耳机,在地上做起了俯卧撑,一分钟后她又开始深蹲,她快50岁了,可她精神抖擞,我想:她这么精神,肯定都是运动的缘故。

冯老师家离学校很远,可她坚持每天走回家,我对她佩服得五体投地。

我觉得我们应该学习冯老师热爱运动的精神,成为别人眼中的运动达人,让我们和冯老师一起加油!

(孙嘉航)

写作狂

我们班有一个可爱的老师,别看她瘦瘦小小的,但她脑袋中有许多想法呢!

她个子矮矮的,头发短短的,鼻子小小的,眼睛大大的,炯炯有神,大眼睛,里闪烁着聪明的光芒呢!

只要你对她说一个开头,她眼睛一转,就能想出一篇完美的作文来。有一次,我只说了一个题目,她就一下子想出了一篇作文,只听她讲得神采飞扬,越讲越起劲。而我们,听得马上要为她颁奖似的，一直鼓掌。听到我们的掌声，她又起劲了，越讲越长，直到我们觉得她都能像小说作者一样写小说了，她一讲完，看了一下手机时间，发现自己讲了整整四十分钟，惊得下巴都要掉了，她说："我还以为自己只讲了十几分钟。"我们全班同学大吃一惊，有人小声说："老师这是怎么了，时间混乱了吗？"

你们喜欢这个爱写作文的写作狂吗？

（李铭勋）

记忆大师

我的班主任是冯老师，她又细又长的睫毛下面有一双水汪汪的大眼睛，鼻子小小的，小巧玲珑，嘴唇又厚又红，可爱极了！

冯老师的记忆力特别好，她不但几天前的事情记得清清楚楚，而且几年前的事情也记得很清楚，所以我们都称她为"记忆大师"。

几天前，冯老师说要抽背第十八课，因为事情多所以没有抽背，我们心里乐开了花，心想：终于逃过一劫，我还没背熟呢！可过了几天，冯老师好像看透了我们的小心思，说道："几天前要抽背的第十八课，现在正式开始抽背。"同学们的心情立刻紧张起来，小吴在背时，老师突然说："停一下，你第一段的第一句和第二段的第五句都背错了！"同学们目瞪口呆地看着冯老师说道："冯老师，您的记忆力也太好了吧,不但几天前的事情没有忘记,连课文内容都记得一字不差。"

冯老师说:"我连几年前的事情都记得清清楚楚,怎么会忘记几天前的事情?还记得你们二年级时,我第一次来到这个班级,小王穿着蓝色的牛仔外套、棕色的裤子,背着书包一摇一摆地走进教室。小洪穿着大红色衣服,黑色的裤子,一双雪白的运动鞋害羞地走了进来。还有小石,扎着一个高高的马尾辫,连蹦带跳地向我问好。"听到这里,大家都给冯老师鼓起了掌。

这就是我们班不折不扣的"记忆大师",我们不仅很喜欢她,还很崇拜她。

(洪语哲)

万能冯老师

我们的班主任冯老师,她会的东西可多啦:跑步、写作、搞笑……有时,她还会把学校当作服装展示台,一会儿穿红衣服,一会儿穿黄衣服,一会儿穿蓝衣服,可会搭配了!同学们已经跟她相处一年半了,发现她的衣服每天都不重样,我想:"冯老师家开了几家服装店啊?"

她很爱运动,每次跑步可正式了!运动衣、帽子、鞋子……这是要去参加奥运会,得个冠军给校长看吗?校长知道你是个样样都好的"三好老师"吗?她每次都跑一两个小时,不会累吗?难道,冯老师身体里面有电池吗?

更了不起的是:她是个很爱写作的人!她一会儿写好吃的,一会儿写好玩的,一会儿写好笑的,只要她有空,就会写作,我心想:我连画画都不知道画什么,为什么冯老师每天都有写不完的作文?她却说:"写作是件很幸福的事。"

她还是个"小医生",有时我们不舒服,她知道是什么原因,还会额外照顾我们,让我们享受"VIP"服务。

我们的冯老师会的东西太多了!写也写不完,我只想说一句:"冯老师,你是个万能的冯老师!"

(邵佳妮)

图书在版编目(CIP)数据

长在泥土里的故乡 / 冯志军著 . -- 宁波 : 宁波出版社, 2023.3
 ISBN 978-7-5526-4707-5

Ⅰ. ①长… Ⅱ. ①冯… Ⅲ. ①散文集—中国—当代 Ⅳ. ① I267

中国版本图书馆 CIP 数据核字（2022）第 170800 号

长在泥土里的故乡
ZHANG ZAI NITU LI DE GUXIANG

冯志军　著

出版发行	宁波出版社
地址邮编	宁波市甬江大道 1 号宁波书城 8 号楼 6 楼　315040
责任编辑	刘佳佳
责任校对	徐　敏
装帧设计	金字斋
印　　刷	宁波白云印刷有限公司
开　　本	889mm × 1194mm　1/32
印　　张	6.375
字　　数	140 千
版　　次	2023 年 3 月第 1 版
印　　次	2023 年 3 月第 1 次印刷
标准书号	ISBN 978-7-5526-4707-5
定　　价	65.00 元

如发现缺页或倒装，影响阅读，请与印刷厂联系，电话：0574-87327496
（版权所有　翻印必究）

冯志军

◎ 著

长在泥土里的故乡

Zhang zai nitu
Li de guxiang

宁波出版社